Norma und Harry Mazer

Tolle Tage

Unionsverlag
SANSIBAR

Die Autorin und der Autor

Norma Mazer wurde in New York geboren und wuchs in Glens Falls auf. In der High School war sie Herausgeberin einer Schülerzeitung und Korrespondentin für die Glens Falls Zeitung. Sie feierte ihre ersten Erfolge durch Veröffentlichungen in Zeitschriften, und bald folgte der Durchbruch als Schriftstellerin mit Fernsehspielen und Jugendbüchern.

Harry Mazer, ihr Ehemann, ist in New York City geboren und aufgewachsen und zählt, wie seine Ehefrau, zu den besten amerikanischen Kinder- und Jugendbuchautoren.

Über dieses Buch

Den vier Gewinnern und Gewinnerinnen eines Schreib-Wettbewerbs winkt ein spannendes Sommerpraktikum in einer Zeitungsredaktion! Hier lernen die Jugendlichen die goldenen Regeln des Journalismus, aber auch im privaten Bereich birgt dieser Aufenthalt Chancen: Chris kann von seinem autoritären Vater Abstand gewinnen, Vicky glaubt, ihrer leistungsfanatischen Mutter und sich selbst endlich etwas beweisen zu können, Faith vermag sich von einer schlimmen Vergangenheit zu lösen, und Elizabeth überdenkt eine Liebesbeziehung.

Die Freundschaft der vier wird allerdings auf eine harte Probe gestellt, als Vicky per Zufall das Geheimnis von Faiths Familie erfährt und dieses gegen deren Willen zu einer heißen Story verarbeiten will. Ehrgeiz, journalistische Ethik und Freundschaft prallen aufeinander.

Norma und Harry Mazer

Tolle Tage

Aus dem Amerikanischen von Gabriele Haefs

Unionsverlag

Die amerikanische Originalausgabe erschien 1992
unter dem Titel *Bright Days, Stupid Nights* bei Dell
Publishing Group Inc., New York.

Auf Internet
Aktuelle Informationen
Dokumente über Autorinnen und Autoren
Materialien zu Büchern
Besuchen Sie uns:
http://www.unionsverlag.ch

Unionsverlag Taschenbuch 1025
© by Norma Fox Mazer und Harry Mazer 1992
© für die deutsche Erstausgabe by Verlag Sauer-
länder, Aarau, Frankfurt am Main, Salzburg 1994
© für diese Ausgabe by Unionsverlag 1998
Rieterstrasse 18, CH-8059 Zürich
Telefon 0041-281 14 00, Fax 0041-1 281 14 40
Alle Rechte vorbehalten
Umschlaggestaltung: Heinz Unternährer, Zürich
Druck und Bindung: Clausen & Bosse, Leck
ISBN 3-293-21025-2
Die äußersten Zahlen geben die aktuelle Auflage
und deren Erscheinungsjahr an:
1 2 3 4 5 – 01 00 99 98

1

Als Vicki am Samstagnachmittag den Busbahnhof von Rutland zusammen mit ihrer Mutter, ihren Brüdern und ihrer Schwester betrat, sah sie sich kurz im Türglas. Ein großes Mädchen mit langen Armen und Beinen. Einen Moment lang bewunderte sie diese Beine, als ob sie einer anderen gehörten.

Drei Jungen beobachteten sie. Sie sahen aus wie Nichtstuer, trugen geblümte Shorts und Frisuren mit büschligen Stacheln wie die Gemüsebürste ihrer Mutter. Für wie alt die sie wohl hielten? Sie zeigte ihnen ihr Profil, mit hoch in die Luft gereckter Nase. Ihre Haare waren zu einem Pferdeschwanz zurückgekämmt, einige zottige Fransen hingen ihr in die Stirn. Sie fand, das bringe ihr ein reifes, geheimnisvolles Aussehen. Sie und Mutter fanden beide, daß Vicki viel älter aussah, als sie war. Alt genug? Das war die Frage. Die anderen würden viel älter sein, siebzehn, vielleicht sogar achtzehn.

Mutter legte ihre Pakete auf eine Bank. Sie hatten Badeanzüge gekauft und wollten nun Vickis Fahrkarte besorgen. «Vicki, du paßt auf die Kleinen auf. Ich hole die Fahrkarte.»

Vicki setzte sich und übersah dabei die Nichtstuer ganz betont. Oder waren das vielleicht Affen? Drei Affen in einer Reihe. Affe schau, Affe geh ... sollten sie doch schauen. Sie würde ihnen nicht die Befriedigung gönnen, ihre Blicke zu erwidern.

«Setz dich und benimm dich!» befahl sie Arnie. Sie fing an, sich zu überlegen, was sie unternehmen würde. Alles mußte in ihrer blauen Reisetasche und ihrem Rucksack Platz finden.

Die Kleinen, geführt von Skip, Arnie und Tabby einen Schritt dahinter, wuselten um die Bank herum. Vicki warf verstohlen einen Blick auf die drei Nichtstuer. «Du hast noch viel Zeit für Jungen», sagte Mutter immer. «Jungen halten dich nur auf. Sie bringen alles durcheinander. Was kommt zuerst, Vicki?»

«Die Schule.» Das war vermutlich das erste Wort, das Vicki nach «Mama» gelernt hatte.

«Und danach?»

«College, Mama.»

Der Affe in der Mitte lächelte Vicki an. Sie erwiderte sein Lächeln. Er war jedenfalls der netteste.

Mutter kam zurück, mit ihrer großen, eleganten, gebeugten Figur. «Ich hab's!» rief sie. Sie winkte Vicki mit der Fahrkarte zu.

Vicki nahm die Fahrkarte und inspizierte Datum und Reiseziel. Scottsville, Pennsylvania. In zwei Wochen würde sie losfahren. Daß sie die Fahrkarte in der Hand hielt, ließ das Ganze endlich wirklich aussehen. Bisher war es fast wie ein Spiel gewesen. Sie hatte sich so sehr darauf konzentriert zu gewinnen, daß sie gar nicht an den Preis gedacht hatte. Sie küßte die Fahrkarte und steckte sie in ihre Brieftasche.

«Mom, kriegen wir ein Eis?» fragte Tabby.

Mutter durchwühlte ihr Portemonnaie. Sie reichte Skip das Geld. «Bring für Vicki und mich eins mit, das teilen wir uns.»

Vicki beobachtete Skip, Arnie und Tabby an der Eisbude. Die Kleinen waren etwas, das sie und Mutter teilten. Wann immer Mutter bei der Arbeit oder nicht im Haus war, war Vicki zuständig. «Du bist meine rechte Hand», sagte Mutter immer. «Ich wüßte nicht, wie ich ohne meine Vicki zurechtkommen sollte.»

Nelson, Vickis Stiefvater, hatte keine Geduld mit seinen Kindern. Wenn er in Stimmung war, sich mit ihnen zu beschäftigen, dann okay. Er zog dann seinen Baseball-Handschuh an, und sie spielten hinter dem Haus Fangen. «Du bist zu alt dafür, Vicki», sagte er immer. Sie zuckte mit den Schultern, wandte sich ab, ging ins Haus und saugte Staub oder spülte, damit Mutter das nicht mehr machen mußte, wenn sie von der Arbeit kam.

Wäre das Haus Nelson überlassen, dann würde niemals etwas getan werden. Vicki liebte ihre Brüder und ihre Schwester. Bei deren Vater war sie sich nicht so sicher. Weil Nelson es nicht weit zur Arbeit haben wollte, mußten sie in dem kleinen Drecksloch East Mill über einer übelriechenden Garage wohnen.

Im letzten Herbst hatte Mr. Deegan, der Ausbildungsberater, Vicki gesagt, daß sie in zu jungem Alter zuviel Verantwortung übernähme. «Deine erste Verantwortung ist die Schule. Deine Eltern müssen sich um ihre Kinder kümmern.» Deegan wollte sie zu mehr Nachmittagsaktivitäten überreden. Sie war natürlich im Zeitungsclub. Sie war sogar Redakteurin für Spezialartikel. Deegan wollte aber, daß sie auch dem Geschichtsclub beitrat und sich für den Schülersenat bewarb. «Das wird sich auf deinen College-Bewerbungen gut machen, Vicki. Die wollen Leute, die mitmachen. Du darfst das Wichtige nicht aus den

Augen verlieren. Du bist viel zu gescheit, um stecken-zubleiben.»

Deegan hatte ja recht, aber Vicki brauchte keinen, der ihr was übers Steckenbleiben erzählte. Sie hätte ihm einiges sagen können. Zum Beispiel würde Mutter, wenn sie Geld hätte, einen Babysitter nehmen, und dann könnte Vicki nach Schulschluß an hunderttausend Aktivitäten teilnehmen. Aber ihre Mom hatte kein Geld und würde auch nie welches haben. Und deshalb redete sie mit Vicki immer über Vickis Zukunft, die besser ausfallen sollte als ihre. Das war der ganze Sinn des Sommerpraktikums: ein bißchen wirkliche Erfahrung zu sammeln. Die Talente zu nutzen, die Gott ihr gegeben hatte. Hatte Mutter ihr nicht eingehämmert, daß sie jede Möglichkeit ausnutzen müßte?

Mutter sagte ihr schon seit Jahren: «Mach nicht denselben Fehler wie ich. Heirate nicht jung. Sechzehn und Mutter. Das ist doch lächerlich. Baby zieht Baby groß. Du weißt ja, daß ich nicht sagen will, es wäre nicht wunderbar gewesen, dich zu haben, aber das hätte auch fünf Jahre später noch passieren können. Teenagerliebe dauert keinen Sommer lang. Hörst du mir zu?»

Vicki hörte immer zu. Sie wußte, daß Mutter recht hatte. Beispiel: Vickis Vater. Dickie Barfield. Wo war der? Wo hatte der in dreizehn Jahren ihres Lebens gesteckt? Sie könnte die ganze Welt absuchen und würde es nicht wissen, und doch hatte er einmal gesagt, wie sehr er Mutter und auch Vicki liebte. Das erzählte Mutter ganz offen: «Er hat gesagt, unsere

Liebe würde für immer halten. Er sagte, sie wäre stärker als die Berge.» Aber Vicki war noch kein Jahr alt, als er verschwunden war, und seither hatten sie nie mehr von ihm gehört.

Vickis Herz litt mit Mutter. Sie war nicht viel älter gewesen als Vicki jetzt und hatte allein mit einem Baby dagesessen. Ganz allein, bis sie Nelson kennengelernt hatte.

«Also, wie ist dir zumute?» fragte Mutter und wikkelte das Eis aus, das die Kinder ihr mitgebracht hatten. «Bist du nervös?»

«Das werde ich in zwei Wochen sein, wenn ich mich in diesen Bus setze», gab Vicki zu.

«Liebes, das machst du doch mit links.» Mutter biß kurz in das Eis und reichte es dann an Vicki weiter. «Du haust sie glatt vom Stengel. Machst sie einfach fertig.» Sie warf Vicki *den* Blick zu. Vicki kannte *den* Blick so gut wie ihren eigenen Namen. Es war ein langes, andauerndes Starren, das nur ihr und sonst niemandem galt. Der Blick sagte: *Du bist meine Tochter. Du bist tapfer und etwas ganz Besonderes, und es gibt nichts auf der Welt, was du nicht schaffst.*

«Ich mach mir Sorgen, wie du ohne mich fertig werden willst», sagte Vicki und warf einen Blick zu den Kleinen hinüber.

«Skip muß einfach mehr Verantwortung übernehmen. Er ist alt genug.»

«Und dann mach ich mir noch Sorgen, was passiert, wenn sie mein Alter erraten.» Vicki senkte die Stimme. «Wenn sie herausfinden, daß ich erst vierzehn bin.»

Mutter strich Vicki durch die Haare. «Niemand wird das herausfinden, Liebes, du siehst nämlich alt genug aus ... und du benimmst dich auch alt genug. Du bist sehr reif.»

«Meinst du, sie werden das überprüfen?»

«Was sollten sie denn überprüfen? Du hast alle Fragen beantwortet, du hast deine Empfehlungsschreiben hingeschickt. Das von Mr. Deegan war überschwenglich.»

Vicki nickte. Sie dachte nicht gern daran, wie sie, naja, nicht gelogen, sondern nur ihren Lehrern ein paar Informationen vorenthalten hatte. Als sie ihr Geburtsdatum geschrieben hatte, hatte sie das Jahr geändert und sich zwei Jahre älter gemacht.

«Meinst du, sie werden mich nach meiner Geburtsurkunde fragen?»

«Liebes, nein! Weißt du, wie viele Jobs ich schon gehabt habe, wo ich mich als älter ausgeben mußte, als ich war? Ich hätte diese Jahre ganz allein mit dir sonst nicht überlebt. Niemand wollte einem Teenager mit einem Baby einen Job geben. Ich habe mir die Haare hochgesteckt, Make-up aufgelegt, mir gesagt, ich sei fünfundzwanzig, und ihnen dann voll ins Gesicht geblickt.»

«Das gehörte zum Überleben», sagte Vicki.

Mutter nickte. «Alter ist unwichtig. Du könntest fünfzig und scheußlich sein. Worum es geht, ist, ob du die Arbeit machen kannst? Ob du gut genug bist? Und die Antwort ist: Ja, das bist du!» Wieder warf Mutter ihr *den* Blick zu. «Sie hätten dich nicht ausgesucht, wenn sie dich nicht für etwas ganz Besonderes gehalten hätten. Sie haben deine Bewerbung gelesen und gesagt: Die müssen wir haben!»

Vicki hob den Arm zu einem militärischen Salut. «Taataa!» Die Jungen auf der anderen Bank sahen sie alle an, und deshalb wurde sie wieder nervös. «Ich weiß, daß das eine Chance ist, Mommy.»

Mutter überließ Vicki den letzten Rest Eis. «Und wir lassen uns keine Chance entgehen, denn sie kommt viellcicht nie wieder. Du bist keine von diesen reichen Gören, denen alles auf dem Silbertablett überreicht wird.»

Eine Stimme dröhnte durch den Lautsprecher. «Bei Ausgang drei steht jetzt bereit der Bus nach Whitehall, Glen Falls, Saratoga Springs, Troy, Albany und …»

«Den wirst du auch nehmen», sagte Vickis Mutter. «Den sehen wir uns an.»

«Kommt her, Kids!» rief Vicki. Plötzlich war sie erfüllt von der schrecklichen Aufregung und der Energie des Aufbruchs, als ob sie jetzt losfahren würde. Sie packte Tabby und drückte sie an sich. Dann griff sie sich die Jungen und nahm sie in den Arm.

«Was ist los?» fragte Skip.

«Wir tun so, als ob ich heute fahren würde.» Sie küßte ihn und kniff ihn in die Ohren. Sie hätte ihn gern gebissen, um ihm klarzumachen, daß sie seine große Schwester war, daß sie bald weggehen würde und daß er dann die Verantwortung übernehmen müßte. «Wenn ich weg bin, wirst du mich doch nicht vergessen, oder?»

«Wie blöd», sagte Skip. Sein Gesicht war ganz verschlossen. Er war der Ernste in der Familie. «Du kommst doch zurück?»

«Ich werde dich vergessen», schrie Arnie. Er neckte andere immer gern. Er schloß die Augen. «Ich kann dich nicht sehen. Ich habe dich schon vergessen.»

Vicki zog ihn an den Haaren. «Das hier wirst du nicht vergessen.»

Sie gingen nach draußen, um sich den Bus anzusehen. Vicki zeigte auf ein Fenster weit vorn. «Da werde ich sitzen.»

«Und wir werden hier stehen und winken», sagte Mutter. «Wir werden so stolz sein!»

Tabby schlang ihre Arme um Vickis Beine. «Ich will nicht, daß du gehst», sagte sie. «Geh nicht weg, Vicki.»

Vicki kamen die Tränen, und sie wischte sich die Augen, als ob sie jetzt fahren müßte. «Ich weine nicht wirklich», sagte sie. «Noch nicht.»

2

«Unsere Familie hat zweifellos mehr als nur eine seltsame Angewohnheit», schrieb Chris Georgiade, der in der Schulbibliothek hinter einem Wandschirm an einem Leseplatz saß. «Aber ich will mit der auffälligsten anfangen. Es ist Ende Mai. Einer dieser warmen Abende am Wochenende, und unsere Familie ißt draußen am Picknicktisch zu Abend. Vor dem Haus. Keiner von unseren Nachbarn, keiner im Block, keiner in zehn Blocks oder hundert Blocks hat den

Picknicktisch vor dem Haus. Alle in Amerika haben ihren Picknicktisch hinter dem Haus, nur nicht die Georgiades.

Praktisch auf der Straße zu essen, ist meiner Mutter peinlich, obwohl sie das nie zugeben würde. In mir und meinem Bruder erweckt es ähnliche Gefühle. Nur meine Schwester ist noch zu klein, um sich deshalb Gedanken zu machen. Aber trotzdem gibt es drei Stimmen für hinten und eine für vorn: die meines Vaters. ‹Ich will da sein, wo ich Leute sehen kann›, sagt er. Deshalb steht der Picknicktisch vor dem Haus. ‹Was ist das Leben ohne Leute?› fragt mein Vater. Eine gute und angebrachte Frage. Die Georgiades wissen die Antwort. Sie essen vor aller Welt zu Abend. Diese Szene ist ein Bild für alles, was in unserer Familie vor sich geht.»

Chris überarbeitete seinen Aufsatz mehrmals, ehe er ihn für die Bewerbung kopierte und in den Umschlag steckte. In dem Moment, in dem er ihn aufgab, setzten seine Zweifel ein. Das war immer so, wenn er etwas schrieb. Erst Enthusiasmus, dann Ungewißheit. «Beschreibe kurz Deine Familie», hatten die Bewerbungsunterlagen verlangt. «Und zwar individuell.» War das, was er geschrieben hatte, angemessen? War seine Antwort zu lang? Zu hitzig? Zu persönlich? Warum die Eigenheiten seiner Familie breittreten?

Er schickte seine Bewerbung Anfang Mai los. Harter Monat. Jeder Tag war hart. Vor der Postzustellung hob sich seine Stimmung, danach fiel sie wieder. «Mach, daß sie mich nehmen», betete er beim Zähneputzen. «Mich», betete er im Englischleistungskurs, während *Macbeth* diskutiert wurde. «Mich», betete er abends. Wenn er die Praktikumsstelle bekam, dann bedeutete das einen Sommer Arbeit bei einer Zeitung. Er würde fürs Schreiben bezahlt werden und einen Sommer weit weg von Zuhause verbringen. Und es würden Mädchen dort sein, wunderbare neue Mädchen, die ihn für ihr Leben gern kennenlernen wollten.

An dem Tag, als er aus der Schule nach Hause kam und den Brief aus Scottsville auf dem Dielentisch fand, steckte er ihn in die Tasche und verließ sofort wieder das Haus. «Wohin gehst du?» fragte seine Mutter. Sie lag auf allen vieren im Garten und setzte Tomaten. «Willst du den Brief nicht aufmachen?»

«Später. Ich muß noch was erledigen.» Er ging vom Haus weg und hatte Angst davor, den Brief zu öffnen. Er ging und dramatisierte sich dabei wie immer. *Chris strich durch die feuchten Straßen, vorbei an Häusern und Wohnblocks, vorbei an den von Blenden verdeckten Fenstern geschlossener Läden, an Imbißbuden und Parknischen, Krankenhäusern und Motels.* Er konnte den Fluß der Wörter in seinem Gehirn einfach nicht stoppen. Jede Sekunde seines Lebens war ein Drama. Als er fast wieder zu Hause war, zog er den Brief aus der Tasche. *Endlich riß er verzweifelt, mit zusammengekniffenen Augen, den Briefumschlag auf.*

«Lieber Mr. Georgiade, in diesem Jahr haben wir von der Martin Family Zeitungsgruppe eine Rekordmenge von Bewerbungen erhalten …» Vor seinen Augen verschwammen die Buchstaben. Er bog um die Ecke und ging automatisch auf sein Haus zu.

«Wo hast du denn gesteckt?» fragte seine Schwester. Alle saßen am Eßzimmertisch. Dort standen Schüsseln mit Oliven und Gurken und Joghurt, Moussaka in einer viereckigen Schüssel, Obst und Plätzchen.

Chris setzte sich und zog den Brief hervor. «Ich muß euch allen was vorlesen.» Er zwang sich, langsam zu lesen. «... Rekordmenge von Bewerbungen für unser Sommerpraktikum, blahblahblah. Jetzt kommt's. Es freut uns, Ihnen mitteilen zu können, daß wir Sie als einen unserer vier Praktikanten ausgesucht haben. Bitte, antworten Sie innerhalb von zehn Tagen, wenn Sie annehmen wollen. Mit freundlichen Grüßen, S. L. Martin. Chef. Red., *Scottsville Courier*, Martin Family Zeitungsgruppe.»

Die Schwester umarmte ihn, und sein Bruder streckte über den Tisch die Hand aus und kniff ihn in den Arm.

«Was für eine Ehre, Liebling!» sagte seine Mutter.

«Was bezahlen sie dir?» fragte sein Vater.

«Kost und Wohnung und ein wöchentliches Stipendium.»

«Stipendium!» Sein Vater spuckte das Wort aus wie einen Olivenkern. «Kaugummigeld. Bei *Kirkland* verdienst du richtiges Geld.» Sein Vater arbeitete bei *Kirkland Auto Sales* in der Werkstatt und hatte für Chris im Büro einen Sommerjob an Land gezogen. «Da machst du dir nicht mal die Hände schmutzig.»

«Dad, ich werde für Payne Martin arbeiten. Er ist berühmt. Payne Martin war Kriegsberichterstatter. Er hat Bücher geschrieben. Er hat den Pulitzerpreis bekommen. Wenn ich Schriftsteller werden will ...»

«Du wirst Ingenieur.»

Vor Jahren, in der 7. oder 8. Klasse, hatte Chris einmal, um seinen Vater glücklich zu machen, den Fehler begangen zu sagen: «Sicher, Dad, Ingenieur ist eine gute Idee.» Seit damals war die Überzeugung seines Vaters, daß Chris zum Ingenieur geboren war, durch nichts zu erschüttern.

Chris fing an zu schwitzen. Er spürte, wie ihm alles entglitt. «Dad, ich möchte das machen. Ich möchte bei Payne Martin arbeiten. Bei ihm als Praktikant sein ...»

«Praktikant! Willst du Arzt werden?» Sein Vater lachte über seinen eigenen Witz, dann erzählte er etwas, das heute bei der Arbeit passiert war.

Später schrieb Chris in sein Notizbuch: «Warum zittere ich, wenn mein Vater spricht? Er sagt, er will nur mein Bestes, ich soll ein besseres Leben haben als er. Aber hat er mich denn je danach gefragt, was ich möchte? Hört er zu, wenn ich mit ihm rede? Er hört nie zu. Er hört nichts von dem, was ich sage. Wie kann ich je machen, was ich will?»

Eine Woche verging. Chris hatte an S. L. Martin geschrieben und zugesagt, hatte den Brief aber noch nicht aufgegeben. Er wartete noch immer auf die Zustimmung seines Vaters.

An diesem Abend saß die Familie vor dem Haus. Chris hatte dem Picknicktisch den Rücken gekehrt. Der Kopf seines Vaters steckte unter der Motorhaube eines Autos. Es war eigentlich sein freier Tag, warum reparierte er also den Wagen der Nachbarn? Das war die Arbeitsethik. Es war die Einwandererethik. Es war die griechische Ethik.

Die Sonne fiel schräg durch die Bäume, doch Chris, versunken in tiefer, düsterer Stimmung, achtete nicht auf die Schönheit dieses Anblicks. Seine Mutter, Calliope, gewöhnt an das Leben der alten Welt, trottete zwischen Haus und Tisch hin und her und brachte immer noch mehr zu essen. Chris hatte noch immer die schicksalhafte Zusage in der Tasche. Jetzt hieß es: jetzt oder nie. Morgen könnte er den Brief ebenso gut zerreißen.

Sein Vater konnte ihnen nicht oft genug erzählen, wie er nach dem Krieg in dieses Land gekommen war, allein, noch keine Zwanzig, mit nur einigen wenigen Cents in der Tasche, wie er jahrelang geschuftet hatte, wie er in einem Zimmer im Haus seines Onkels Corfu gewohnt hatte, wie er seiner Familie in Griechenland Geld geschickt hatte, nicht geraucht, nicht getrunken hatte, nie ins Kino gegangen war, niemals ein Mädchen auch nur angesehen hatte. Nichts, kein Leben, nichts für ihn selber, bis er mit achtundzwanzig der schönen Calliope Colios vorgestellt wurde. Sein Vater betrachtete sein Leben als Triumph des Willens über die Umstände. «Seht mich doch jetzt an», so endete seine Geschichte jedesmal, «ein großes Haus, ein Auto, eine Frau, eine wunderbare Familie.» Und dann hob er immer die Hände. «Seht ihr diese Hände? Diese Hände haben uns alles gegeben, was wir haben.»

«Tim», sagte sein Vater unter der Motorhaube hervor, «mein guter Sohn, bring mir die Taschenlampe.»

Chris' Bruder verschwand in der Garage. Seine Mutter tippte Chris im Vorübergehen auf die Schulter. «Er ist jetzt gerade gut gelaunt», sagte sie. «Sprich jetzt mit ihm. Mach noch einen Versuch.»

Chris stand auf und reichte seinem Vater einen Schraubenschlüssel.

«Du willst deinem Bruder und mir zeigen, wie das gemacht wird.»

Chris lächelte pflichtbewußt. Er hatte zwei linke Hände und keinerlei Gespür für Motoren und Geräte. Er und sein Vater und sein Bruder waren wie Wesen von unterschiedlichen Planeten. Sein Vater und Tim von der Erde, Chris von einem anderen Stern.

«Das, dieses Praktikum …» Er betastete den Brief in seiner Tasche. Er wollte nicht defensiv sein. Er wollte nur ruhig sagen, was er sich wünschte. Und dann warten, so daß sein Vater ihm antworten mußte. «Dad, dieses Praktikum …»

«Kommst du schon wieder damit?» fragte sein Vater. «Weißt du, wie viele diesen Job bei *Kirkland* wollen? Weißt du, was Mr. Kirkland mir da für einen Gefallen tut?»

«Dad, sie haben mich aus einer Rekordanzahl von Bewerbungen ausgesucht. Weißt du, was das bedeutet? Hunderte haben sich beworben, und sie haben sich für mich entschieden. Kapierst du das?»

«Ich bin nicht blöd», sagte sein Vater trocken.

«Ich versuche nur, dir klarzumachen, wie wichtig das ist. Zeitungen sind der Lebensnerv einer Gemeinschaft. Sie verbinden die Menschen miteinander.» Chris zitierte sich selber, er hatte das in seiner Bewerbung geschrieben, und es war entsetzlich. Schwulst! Wieso hatten sie sich je für ihn entscheiden können? Vielleicht hatten sie alle Bewerbungen hochgeworfen und die vier ersten genommen, die mit der Schrift nach oben gelandet waren.

«Daddy! Guck mal!» Joanna fuhr auf ihrem Fahrrad vorbei, die Füße auf den Lenker gestemmt. «Chris, guck mal!»

«Ich sehe dich, Joanna ... Dad, das ist ernst.»

«Das sage ich dir ja gerade. Sei ernst.» Sein Vater ließ sich von Tim die Lampe reichen und beugte sich über den Motor. Sein Bruder warf Chris einen mitfühlenden Blick zu. «*Kirkland* ist ein richtiger Job», sagte sein Vater. «Und du wirst ihn nehmen.»

Das war's. Der Richter hatte sein Urteil gefällt. Chris hatte das Gefühl, daß die kraftvollen, behaarten Arme seines Vaters, diese Arme, die ein Auto hochheben konnten, zum Hammer gegriffen und damit zugeschlagen hatten.

Mutter rief alle zum Essen. Vater wischte sich sorgfältig an einem orangefarbenen Lappen die Hände ab, dann setzte er sich und nahm den Kaffee, den Chris' Mutter ihm gereicht hatte.

Chris nahm Platz, der Brief hing schlaff in seiner Hand. Er konnte nicht glauben, daß alles vorbei war. Alle anderen aßen und lachten. Vater langte begeistert zu. Mutter hatte ein amerikanisches Essen gemacht: Hamburger, Kartoffelpüree, Salat. Danach würde es Schokoladenplätzchen und Vanille-Eis geben.

«Gutes Essen, eure Mutter ist eine tolle Köchin, was, Kinder? Na los, sagt ihr das!» verlangte sein Vater.

«Mom, du bist eine großartige Köchin», sagte Chris' Bruder mit scheuem Lächeln.

«Mommy, du bist wunderbar und toll», sagte Joanna.

Chris' Vater sah ihn an.

«Tolles Essen, Mom.» Aber er brachte nichts runter.

Mutter reichte ihm die Kartoffeln. «Nimm dir», drängte sie. «Du ißt ja nichts.»

«Ich habe keinen Hunger.»

«Iß», sagte Vater. «Deine Mutter will, daß du ißt.»

«Ich habe keinen Hunger.»

«Zu meiner Zeit», sagte der Vater, «aß der Sohn, wenn der Vater sagte: iß. Ich erinnere mich an meinen Onkel Corfu und an meinen Vetter George. George hörte nicht auf das, was sein Vater sagte. Er dachte, er wüßte alles besser als sein Vater. Er wollte vom College abgehen und viel Geld verdienen. Mein Onkel war außer sich. Er wollte, daß George das College beendete, obwohl das für ihn ein großes finanzielles Opfer bedeutete. Nicht nur für ihn, sondern für die ganze Familie. Georges Schwester arbeitete jahrelang in einer Fabrik und gab ihrem Vater ihren ganzen Lohn, um George zu helfen. So waren damals die Familien. Aber George hatte eine Idee für eine eigene Firma, er wollte den Leuten an Geburtstagen selbstgebackenen Kuchen bringen.»

Chris hatte diese Geschichte noch nie gehört.

«Mein Vetter George war eigensinnig, aber mein Onkel war noch eigensinniger. Er sagte zu George: ‹Du willst nicht auf deinen Vater hören. Vielleicht hörst du auf das hier.› Und wißt ihr was? Er schlug George mit der Faust auf den Mund. Hat ihm zwei Zähne abgebrochen, so fest hat er zugeschlagen. Der arme George hat sich erst Jahre später diese Zähne reparieren lassen, aber als es so weit war, hatte er sein Collegezeugnis.»

Vater blickte sich lächelnd um. «Damals hat das Wort eines Vaters eben noch etwas bedeutet. Heute lernen die Kinder solche Disziplin nicht mehr.»

Chris starrte voll Entsetzen seinen lächelnden Vater an, seine Mutter, die den Tisch abräumte, als ob sie nichts gehört hätte, seinen respektvoll nickenden Bruder und seine leicht die Stirn runzelnde Schwester Joanna.

Chris sprang auf. Er rannte die Straße hinunter. Er hörte, wie Mutter hinter ihm herrief: «Christos, komm zurück!» Und sein Vater sagte: «Was ist denn in den Jungen gefahren?»

Chris rannte. Er bog um die Ecke und rannte weiter. «Nein, so einem brauche ich nicht zuzuhören, einem Mann, der darüber lachen kann, daß ein anderer seinem Sohn zwei Zähne ausschlägt. Ich brauche die Erlaubnis eines solchen Mannes nicht.» Beim ersten Briefkasten zog er den Brief aus der Tasche und warf ihn durch den Spalt.

3

Vicki machte sorgfältig ihr Bett, packte ihren Koffer fertig aus, zog dann den hübschen kleinen Flickenteppich am Fußende gerade. Sie fand es aufregend, ein Zimmer für sich zu haben. Zu Hause schlief sie auf der Couch. Sie rückte das Foto ihrer Mutter auf dem Schreibtisch gerade, dann steckte sie den Kopf zur Tür hinaus und lauschte. Ihr gefiel dieses große, alte Haus. Und Mrs. Roos kam ihr auch okay vor, trotz all der Mahnungen, die sie im Badezimmer und an den Schlafzimmertüren angeklebt hatte. Das Badezimmer sauberhalten. Auf der Toilette nur Toilettenartikel. Rauchen verboten. Keine Musik nach elf Uhr abends. Kein Junge in Mädchenzimmern.

Was für Jungen? Würde Nr. 4 ein Junge sein? Das hoffte Vicki! Die beiden anderen Praktikantinnen, Faith und Elizabeth, hatten das Schlafzimmer unten in der Diele genommen. Warum waren sie noch nicht auf? Vicki wartete schon seit fünf Uhr voll angezogen. Ob sie mal wie ein Hahn krähen sollte? *Das würde sie aus den Betten jagen. Klar, Vicki, Spitzenidee. Dann wissen sie sofort, was du für ein Kind bist.*

Sie setzte sich aufs Bett und dachte an gestern, als sie aus dem Bus gestiegen war. Niemand hatte sie abgeholt. Sie war zur Summit Avenue gegangen und hatte ihre Reisetasche am letzten Block entlang hinter sich hergezogen. Sie schwitzte und ihr Gesicht war tomatenrot gewesen, als Mrs. Roos die Tür geöffnet hatte. Vicki hatte cool und lässig sagen wollen: *Guten Tag. Ich bin Vicki Barfield* – aber was sie hervorkrächzte war: «Kann ich ein Glas Wasser haben?» Und das hatte sie dann wie ein gieriges Kind gekippt.

Sie hatte nicht einmal korrekt darum gebeten. Sie hätte sagen müssen: «*Darf* ich ein Glas Wasser haben?» Das hatte Mutter ihr beigebracht. Mutter legte sehr großen Wert darauf, wie Vicki sich ausdrückte. Sie meinte, daß die Art zu reden genau verriet, was man für ein Mensch sei: Ob man ein gebildeter Mensch auf dem Weg nach oben sei oder einer, der gerade im Nichts versank.

Vicki hatte sich gerade zusammengerissen, als Faith eintraf, die einen teuer aussehenden grünen Sportwagen fuhr. «Mrs. Roos? Ich bin Faith Roberts», sagte sie. Sie war eine blasse Blondine in einem grünen Overall, und sie hörte sich an, als ob sie Sprachunterricht genommen hätte, jede Silbe war gestochen scharf.

Vicki war verblüfft von Faiths Haltung. Es war eine Lektion in Betragen, wie sie Mrs. Roos die Hand gab, genügend höfliche Bemerkungen über die Fahrt von Connecticut machte, und wie sie sich dann mit einem warmen Lächeln Vicki zuwandte und sagte: «Und du mußt auch eine Praktikantin sein.»

«Ja, ich bin Vicki.» Sie hatte nicht einmal ihren Nachnamen genannt. Schlimmer noch, sie hatte Faiths Hand gepackt wie eine Türklinke. Es war schrecklich. Und dann war Elizabeth eingetroffen.

Auch sie kam mit dem Auto, genauer gesagt, mit einer gemieteten Limousine, die ein Chauffeur in Uniform fuhr. Er sprang heraus und rannte um den Wagen, um die Tür für Elizabeth zu öffnen. Vicki versuchte sich auszurechnen, was dieser Mietwagen wohl gekostet hatte. Soviel wie ihre Busfahrkarte von Rutland hierher? Wohl eher soviel wie der ganze Bus. Elizabeth stieg wie eine Prinzessin oder ein Filmstar aus dem Wagen. Ein weiter geblümter Rock, ein enges Oberteil, eine Wolke von dichtem dunkelm Haar. Während sie dort stand, ihre Brille austauschte und den drei anderen zuwinkte, hob der Chauffeur vier identische Koffer aus dem Auto. Elizabeth und Faith schienen ineinander verwandte Seelen zu erkennen. Sofort beschlossen sie, sich das größere Schlafzimmer zu teilen.

Während des Abendessens sagte Vicki kaum etwas. Auch Faith war schweigsam. Elizabeth war diejenige, die redete. Sie hatte über alles eine Meinung und ein Urteil: die Hitze, die Schule, Reisen, Kleider, Essen. Vicki beobachtete die beiden anderen, wie sie ihr Essen zerschnitten, wie sie ihre Servietten benutzten und ihr Wasser tranken. Im Vergleich zu Elizabeth und Faith war sie nur ein ungehobeltes, völlig naives Landei.

Sie lebte nur einmal auf, als Faith sie freundlich, aber irgendwie abwesend fragte, wo sie wohnte. Vicki fing an, die Wohnung über der Garage zu beschreiben. Irgendein Instinkt des Stolzes, wie ein kleiner Schutzengel, kroch in ihren Mund und ließ alles komisch herauskommen – die elenden quietschenden Treppen, die Tür, die immer schief in den Angeln hing, sogar die Rostflecken in der Badewanne. «Einer sieht genau aus wie Lincolns Profil. Wenn ich die Badewanne saubermache, dann schrubbe ich ihm den Bart.» Faith kicherte, und Elizabeth musterte sie voller Interesse. Im Grunde war also alles gut gelaufen.

Jetzt hörte Vicki Geräusche aus der Küche, und sie roch Kaffee. Sie steckte sich die Haare auf, nahm ihre Ohrringe, schminkte sich Augen und Lippen. Schöne rote Lippen. Große, volle, glänzende Lippen. Plötzlich war all ihre schöne Energie verschwunden. «Werde ich gut genug sein, Mommy?» flüsterte sie. «Werden sie es erraten? Kann ich wirklich Reporterin sein? Ich habe doch nur für die Schule geschrieben.»

Vicki, Liebes, nicht negativ denken! Mutter schien durch ihr Bild mit ihr zu sprechen. *Du kannst schreiben! Du wirst großartig sein!*

Sie ging die Treppe hinunter und ließ die Hand dabei über das Mahagoni-Geländer gleiten. Jede Stufe knackte. Gemütliches, altmodisches Geräusch. Ein Lichtstrahl kam durch das Buntglasfenster über der Eingangstür. So ein Haus müßte Mutter haben, statt über der stinkenden Garage zu wohnen. Vicki ging durch das Wohnzimmer. Der Tisch war weiß gedeckt, Geschirr und Besteck befanden sich auf einer Anrichte.

Vicki schaute in die Küche. «Guten Morgen, Mrs. Roos.» Mrs. Roos, in Jeans und einer Strickjacke, belud ein Tablett mit dem Frühstück. Müsli, Milch, Obst, einen Korb voller Kekse. Letzte Nacht hatte sie ihnen erzählt, daß sie ihnen zweimal pro Tag Essen machen und servieren würde, Frühstück und Abendessen. Vicki konnte nicht glauben, daß sie nicht selber abwaschen mußte. Es war wie im Hotel.

«Soll ich den Tisch decken, Mrs. Roos?»

«Alle bedienen sich selber. So sind die Regeln.»

Vicki nickte. Noch eine Regel.

Sie hatte Hunger, aber sie wartete auf Elizabeth und Faith.

Als alle am Tisch saßen, begann eine sprunghafte «Auf-welches-College-willst-du-denn»-Unterhaltung. Faith, die gerade ihr letztes Schuljahr auf einer Privatschule in Connecticut hinter sich hatte, erzählte, daß sie im Smith angenommen worden war.

«Ich will mich auch im Smith bewerben», sagte Elizabeth. «Und wenn das nicht klappt, dann habe ich noch Wellesley und Sarah Lawrence.»

Vicki versuchte so auszusehen, als sei sie restlos in ihr Frühstück vertieft. Was, wenn sie sie fragten, an welchen Colleges sie sich bewerben wollte? In Gedanken hakte sie rasch drei ab. UVM, Bennington, Sarah Lawrence. Wo Sarah Lawrence wohl lag? Bei dem Namen war das bestimmt irgendein großkotziger Laden, den sie sich nie würde leisten können. Nicht, daß sie sich Bennington leisten könnte. «Kann ich so einen Keks haben?» fragte sie Elizabeth.

«Hier, Liebe, nimm sie alle!» Elizabeth seufzte. «Ich möchte diesen Sommer abnehmen. Ich esse schrecklich gern zuviel, vor allem zum Frühstück. Meine Mutter und ich überstürzen immer alles, kippen den Kaffee und essen ein Stück Kuchen. Wir frühstücken so gut wie nie in Ruhe.»

«Am wunderbarsten habe ich in Frankreich gefrühstückt», sagte Faith. «Milch, Kaffee und ein Croissant.»

Vicki blickte auf. Frühstück in Frankreich?

Elizabeth griff nach einem Keks. «Meine Mutter war auf Radcliffe, also drängt sie mich dazu.»

«Wo hat sie denn Jura studiert?» fragte Faith.

«Columbia», antwortete Elizabeth. «Sie wollte eigentlich Öffentliches Recht machen, aber davon kann man nicht leben. Sie arbeitet in einer Riesenanwaltsfirma.»

Elizabeths Mutter war also Juristin. Was könnte Vicki über ihre Mutter erzählen? Meine Mutter war auf der Schule Schicksalsschlag. Da hat sie ihr Examen als Kellnerin gemacht.

«Mom macht es sogar Spaß, ein Rädchen in einem großen Getriebe zu sein», erzählte Elizabeth. «Mein Vater ist der ehrgeizige Typ, der sich ranhält. Er hat seine eigene Anwaltsfirma und arbeitet dreißig Stunden pro Tag.»

Verdient auch einen Haufen Geld, dachte Vicki.

«Er macht viele Jobs, die Publicity bringen. Seine Spezialität ist die Verteidigung von mißhandelten Frauen, die ihre Männer umbringen.»

«Uff! Huch!» Vicki konnte sich nicht zusammennehmen.

Elizabeth sah sie kurz an.

«Viele von diesen Männern, die ihre Frauen mißhandeln, sind Alkoholiker», sagte Faith. «Das ist wirklich lohnende Arbeit. Du mußt stolz auf deinen Vater sein.»

«Ehrlich gesagt, ich kenne ihn kaum. Meine Eltern haben sich scheiden lassen, als ich sechs Jahre alt war. Mein Vater ist der heimliche Kummer meines Lebens. Ich muß die Zeitung lesen, um irgend etwas über ihn zu erfahren. Neulich habe ich seinen Namen in einem Artikel in der *Times* entdeckt, da war er gerade zum Richter ernannt worden. Der Artikel berichtete, er habe klaren Blick und Visionen und sei ausgesprochen gerecht.» Sie nahm die Brille ab. «Wenn er so gerecht ist, warum gibt er mir dann nicht meinen gerechten Anteil an seinem Leben?»

Vicki hatte noch nie jemanden so reden hören. Und das vor Fremden. Und noch dazu beim Frühstück. Aber es sollte noch mehr kommen. Elizabeth und Faith fingen an, von ihren Therapeutinnen zu erzählen, so nebenbei, wie Vicki einen Lehrer erwähnen würde. Elizabeth sagte, daß ihr Freund Ira die Wochenenden immer bei ihr zu Hause verbracht hätte, aber dann diskutierte die Therapeutin ihrer Mutter das mit Elizabeths Therapeutin, und beide fanden, das sei zuviel Intimität für zwei Kinder.

«Nicht, daß wir gern Kinder genannt wurden», sagte Elizabeth.

Vicki öffnete den Mund, um etwas zu sagen, dann schloß sie ihn wieder. Was könnte sie auch sagen, das sich nicht unglaublich naiv anhören würde? Freunde, die über Nacht blieben. Therapeutinnen – sie befand sich in unbekanntem Territorium. «Warum habt ihr Therapeutinnen?» fragte sie schließlich und versuchte diese Frage gleichmütig und wertfrei klingen zu lassen. «Die sind im Grunde doch für Kranke da, oder?»

Sie wollte nur ihre Meinung sagen, aber die beiden anderen legten sofort los und erzählten ihr, wie wichtig Therapeuten in Streßsituationen waren. «Und die gibt es jeden Tag in deinem Leben», sagte Elizabeth. «Warst du nie bei einem Therapeuten, Vicki, oder hast du nie gedacht, du könntest einen brauchen?»

«Nein.»

«Erstaunlich.»

«Ich habe mit meinem Studienberater gesprochen», sagte Vicki, nun leicht defensiv. «Das ist im Grunde doch dasselbe wie ein Therapeut, oder? Studienberater mit hochgestochenem Namen?»

Das machte sie wirklich fertig. Beide warfen die Hände in die Luft und stöhnten: «Oh, Vicki!»

4

Scottsville wirkte, auf Chris' ersten überraschten Blick hin, überwältigend verschlafen. Eine Kleinstadt mit einer Hauptstraße, einem Geschäft für landwirtschaftliche Maschinen und einem anderen, das von Overalls bis Pampers alles im Schaufenster liegen hatte. Erstaunlich, daß ein so berühmter Mann wie Payne Martin hier lebte.

An diesem Morgen war Chris mit dem Bus durch den Staat New York und durch die Berge von Pennsylvania gefahren, durch eine alte Bergwerksstadt nach der anderen. Es war nicht die sanft gewellte Landschaft des nördlichen New York. Es war eher wie eine zusammengeknüllte Decke, wo sich die kleinen Städte in Falten zusammenkauerten.

Alles war anders, und er wollte es auch so. Dieser ganze Sommer würde anders sein, etwas Besonderes, etwas Besseres. Es mußte besser werden als diese letzten Tage zu Hause, das stand fest. Vater hatte sich am Morgen nicht einmal von ihm verabschiedet. Mutter hatte ihn in die Diele geschoben. «Sag deinem Vater auf Wiedersehen.»

Er hatte unten an der Treppe gestanden und gerufen: «Pop, jetzt geh ich. Mach's gut, Pop.»

«Er rasiert sich gerade», sagte Mutter, als ob das der Grund wäre, warum Vater nicht antwortete.

Vielleicht sind seine Ohren von Rasierschaum verstopft, hatte Chris gedacht und seinen Koffer genommen.

«Geh nicht so weg. Geh rauf. Gib ihm einen Kuß.»

«Mom, ich werde ihn nicht küssen.» Bei diesem Gedanken drehte sich Chris der Magen um. Er ging, behauptete, sonst den Bus zu verpassen, aber er fühlte sich schuldig. Schuldig wegen seiner Gefühle, schuldig, weil er nicht den Job bei *Kirkland* genommen hatte, schuldig wegen des Gesichtsausdrucks seiner Mutter.

Nun holte er tief Luft und sah noch einmal die Wegbeschreibung an. «Bei der Bücherei links, Summit Street.» Er nahm den alten Gurtkoffer in die andere Hand. Die Straßen waren fast menschenleer, nur bei einer Kirche parkten Autos in zwei Reihen.

Chris fand die Summit Street ohne allzu große Mühe und blieb unter dem Straßenschild stehen. Er schloß die Augen, spürte die Sonne auf seinem Kopf, hörte, wie sich das Gemurmel der Stadt um ihn herum erhob. *Irgendwo in dieser bescheidenen Straße mit ihren Ein- und Zweifamilienhäusern steht das Haus, in dem Chris Georgiade die grundlegenden Wochen seines Lebens verbringen wird. Die Sonne brennt. Es ist zwölf Uhr mittags.* Okay, okay, das war ganz schön hochgestochen, aber es stimmte doch – das hier war ein Moment für eine Bronzetafel, ein Moment, den er nie vergessen würde.

2565 Summit sah ziemlich ähnlich aus wie die anderen Häuser in dieser Straße, ein wenig größer, ein geräumiges weites Holzhaus mit schwarzen Fensterläden und einer großen Veranda. Eine untersetzte Frau mit kurzen Haaren öffnete die Tür. Sie trug Jeans und ein kariertes Hemd.

«Mrs. Roos? Ich bin Chris Georgiade. Ich soll hier ein Praktikum machen.» Das hörte sich bescheuert an. Er erinnerte sich an den zweifelhaften Arztwitz seines Vaters. «Ich habe einen Brief», sagte er.

«Nicht nötig.» Sie sah aus, als ob sie sich für jedes Wort bezahlen ließe. Sie winkte ihn in die dunkle Diele. Er folgte ihr eine mit Teppich belegte Treppe hinauf, dann eine zweite, mit Gummikanten, bis zur Mansarde.

Die Mansarde, dachte er. Ihm gefiel der bescheidene Klang dieses Wortes. Er war enttäuscht, als er sah, wie gut eingerichtet das Zimmer war. Ein Teppich auf dem Boden, Bilder an der Wand. Aber die Aussicht war toll. Er blickte über die Stadt, schwarze Dächer, hohe, üppig grüne Ahornbäume und in grasbewachsenen Auffahrten geparkte Autos.

«Bin ich der erste?» fragte er Mrs. Roos und beschloß, die Vorhänge abzunehmen, sowie sie das Zimmer verlassen hatte.

«Nein.»

«Die anderen sind schon gekommen?»

«Gestern.»

Sie ließ sich wirklich für jedes Wort bezahlen! «Wo sind sie? Ich habe niemanden gesehen ...»

«Schwimmen.»

Kaum war sie weg, riß er die Vorhänge herab, dann ließ er sich mit einem Triumphschrei aufs Bett fallen. Sein Zimmer. Sein Leben. Sein Sommer. Er versank in tiefen Schlaf und träumte, daß eine weise Stimme zu ihm sagte: *«Das Leben hat Schichten!»*

«Wie ein Schichtkuchen», sagte Chris in seinem

Traum, zufrieden mit seiner Klugheit. Er stand auf einem Podium und überblickte die Welt, die vom Gelben Licht der Energie erdröhnte. Er stieg Treppen hoch und badete im nachdenklichen Blauen Licht des Friedens. Er ging weiter. Noch eine Treppe. «Aufwärts», sagte er zu sich. «Immer aufwärts, zum Weißen Licht, zum Licht, das alles Licht in sich trägt.»

Er erwachte langsam und starrte zu den braunen Deckenbalken hoch. Für den Bruchteil einer Sekunde schien er alles zu verstehen. Das Leben … die Spannung zwischen ihm und seinem Vater … die Bedeutung dieses Sommers … und sogar sein Schicksal. Alles war da. Alles ergab einen Sinn – für etwa zehn Minuten.

Er ging nach unten und folgte dabei einem Stimmengemurmel von der Veranda. Als er aus der Tür schaute, sah er drei Mädchen in Badeanzügen. Eine in einem gelben Bikini saß auf der Treppe, ihr Gesicht war hinter einer Zeitung verborgen. Eine andere – ein Stück Spargel mit Augen – in einem rosa geblümten Badeanzug, hockte auf dem Geländer. Die dritte, eine schlanke Blondine in einem Einteiler, machte Fotos.

«Hört euch das an. Ist es nicht Spitze!» sagte der gelbe Bikini hinter der Zeitung. «Gesellschaftliche Nachrichten aus Scottsville. Mrs. Ada Louise Finley, Witwe des Harold Mark Finley, kehrte gestern von einem Besuch in Washington D.C. zurück, wo ihre Tochter June Nancy Finley, die Festrednerin ihrer Abschlußklasse in Scottsville, als Spezialistin für das Sozialministerium arbeitet.»

Sie ließ die Zeitung sinken. Sie hatte dunkle Augen, wirkte temperamentvoll, war wunderschön.

«Lies noch eine», sagte der Spargel.

Der Einteiler mit der Kamera knipste munter weiter. Chris öffnete die Tür, und sie alle schauten auf. Ein unglaublicher Augenblick. Drei schöne Mädchen, alle starrten ihn an. Er war erschüttert.

«Du bist bestimmt unser Alibimann», sagte der Bikini. Sie streckte die Hand aus. «Wir haben schon auf dich gewartet. Ich bin Elizabeth Ginzburg.»

Der Spargel grinste. «Ich bin Vicki. Brauchtest du deinen Schönheitsschlaf, Chris? Ich hab bei dir reingeschaut. Du warst total weit weg. Du hast das Mittagessen verpaßt. Du mußt doch total ausgehungert sein.»

«Das hilft vielleicht», sagte Elizabeth. «Das haben wir für dich aufbewahrt.» Sie reichte ihm ein in Plastikfolie eingewickeltes Butterbrot.

Das Mädchen mit der Kamera nahm ihn aufs Korn. «Nicht verlegen werden. Ich bin Faith Roberts, und ich werde diesen Sommer haufenweise Fotos von euch machen.» Sie machte einen Schnappschuß. Sie war eine von diesen hellen Blondinen mit perfekten Zähnen, die immer Ärzte oder Anwälte als Vater hatten. Solche Mädchen sahen Typen wie ihn nie an, die dunklen, behaarten Burschen mit dem kräftigen Profil.

Chris biß in sein Brot und konzentrierte sich auf Vicki. Die wirkte nett.

«Bist du nicht ein wahres Glücksschwein?» fragte sie. «Drei von uns und einer von dir. Aber sieh dich vor, Chris, vielleicht rotten wir uns gegen dich zusammen.»

Er warf einen Blick zu Elizabeth hinüber. Außergewöhnliche Schönheit. Er bedauerte zutiefst, daß Gott ihn nicht zu der Sorte Mann gemacht hatte, bei der den

Mädchen die Knie zittern. Er lehnte sich an die Wand und zeigte sein klassisches griechisches Profil. Ob es wohl eine Art Sondergebet gab, das er schnell losschicken konnte – schnell, eine Art himmlische Expreßpost, die ihn sofort in einen von diesen hypnotischen Typen verwandeln würde, die anziehend waren, vielleicht sogar auf gesunde Weise ein bißchen unheimlich?

Aber warum diese Gier? War nicht mindestens die Hälfte seiner Gebete bereits erfüllt worden? Drei Mädchen … und er … «Das ist phantastisch!» rutschte es ihm heraus.

«Was denn?» fragte Vicki, aber ihr Blick verriet ihm, daß sie es wußte.

5

«Willkommen, Praktikanten», sagte Payne Martin. Er und zwei Mitarbeiter, ein umfangreicher Mann und eine gertenschlanke Frau, hatten soeben das Konferenzzimmer betreten, in dem Chris und die Mädchen sie erwartet hatten. «Es freut mich wirklich, so eine feine Gruppe junger Leute zu sehen. Und so hellwach so früh am Morgen. Das ist die härteste Lektion, die manche von unseren Praktikanten über Zeitungsarbeit lernen müssen.»

Payne Martin war ein großer, fast hagerer Mann. Chris hatte sich ihn irgendwie jünger und kräftiger vorgestellt. Der Mann mit dem Bart mußte S. L. Martin sein, Mr. Martins Sohn oder vielleicht sein Neffe. Bei dem Bart war es schwer, eine Ähnlichkeit zu erkennen. Die Rothaarige war lässig gekleidet. Vielleicht war sie eine Redaktionssekretärin. Sie war dann eine von denen, die ihnen alle Einzelheiten erklären und sie im Nachrichtenraum herumführen würde.

«Unsere Praktikanten waren immer der Höhepunkt des Sommers», sagte Payne Martin. «Ihr habt hart gearbeitet, um hierherzukommen. Ihr solltet stolz sein.» Er ging um den Konferenztisch herum und schüttelte ihnen die Hände. Er gab Chris einen freundlichen Schlag auf den Rücken. Er lächelte die Mädchen an. «Das ist das Zeitalter der weiblichen Errungenschaften. Wir können froh sein, daß wir Christopher hier haben.» Alle lachten.

Unter dem Tisch berührte Elizabeths Knie das von Chris. Ein Versehen, oder machte sie Annäherungsversuche? Chris fiel ein Tag in der Schulbücherei ein, als Hilary Newman, die ihm gegenüber saß, mit ihren nackten Zehen an seinem Bein auf und ab gestrichen war. «Ich wollte bloß dein Gesicht sehen», sagte sie später. «Dieses Rot ist einfach wunderbar.»

Er hatte bei Mr. Martins Erklärungen den Faden verloren.

Neben ihm kritzelte Vicki eifrig in ihrem Notizbuch herum. Chris fiel auf, daß die Rothaarige Vicki anstarrte. Dachte sie: ‹Eifriges Baby›? Chris klappte sein Notizbuch zu, lehnte sich zurück und verschränkte die Hände hinter dem Kopf. Die Körpersprache eines zuversichtlichen, gelassenen Mannes.

«Als ich Kriegsberichterstatter war», sagte Mr. Martin, «waren meine Leser Tausende von Meilen entfernt. Ich mußte den Krieg für sie Wirklichkeit werden lassen. Aber das zivile Leben ist anders. Hier leben wir unter unseren Lesern. Wir teilen ihr Leben, wir kaufen in denselben Läden ein, gehen in dieselben Filme, trinken dasselbe Wasser. Viele von unseren Geschichten sind klein, aber sie sind wichtig für die Menschen, die sie erleben, und deshalb sind sie auch wichtig für uns.»

Er nahm einen Schluck Wasser. «Und jetzt möchte ich euch Paul Dees vorstellen, unseren Redaktionssekretär.»

Der große, rundliche Mann mit dem Bart hob zum Gruß die Hand.

Überraschung Nummer eins für Chris. Wenn das nicht S. L. Martin war, wer dann?

«Wenn ihr irgendwas wissen wollt, dann geht zu Paul Dees», sagte Payne Martin. «Wenn irgendeiner in der Welt jeden geheimnisvollen Aspekt der Zeitungsherstellung kennt, dann ist das Paul. Paul, möchtest du diesen netten jungen Leuten etwas sagen?»

Paul Dees faltete die Hände über seinem Bauch. «Ich will euch eine lange Rede ersparen. Erste Regel.» Er hob einen Wurstfinger. «Immer die Namen der Leute richtig schreiben. Zweite Regel. Überprüft die Tatsachen. Das ist keine glanzvolle Arbeit. Es ist Routine, schnöde Routine. Im Zeitungsgeschäft geht es darum, gründlich und korrekt zu sein. Mehr habe ich im Moment nicht zu sagen.»

«Und diese reizende Person», Payne Martin wandte

sich der Frau neben ihm zu, «ist die Chefredakteurin des *Courier* und euer Boß, Sonia Martin.»

Das haute Chris ganz einfach um. Er brauchte einen Moment, um sein Gleichgewicht wiederzugewinnen. Er war hergekommen, um von Payne Martin zu lernen, nicht von dessen Tochter. Nicht, daß er ein Chauvi oder Macho war. Aber Payne Martin hatte alles gemacht. Über Kriege berichtet. Seine eigene Zeitung gegründet. Mit Präsidenten geredet. Bücher geschrieben. Den Pulitzerpreis bekommen. Sonia Martin war wahrscheinlich ganz toll, aber was hatte sie schon geleistet, außer, in die richtige Familie geboren zu werden?

«Es ist nicht nur väterlicher Stolz, wenn ich sage, daß Sonia Martin zu den Besten gehört und daß es ein Glück für uns alle ist, sie zu haben», sagte Payne Martin.

«Okay, Dad, danke.» Sonia Martins Blick wanderte um den Tisch herum. Chris hatte das unangenehme Gefühl, daß diese hervorstehenden Augen (jetzt sah er es: die gleichen Augen wie Mr. Martins) auf ihm haftenblieben und daß sie genau wußte, was er gedacht hatte.

«Ehe ich Sonia alles überlasse, möchte ich euch noch ein bißchen mehr über unseren Hintergrund erzählen», fuhr Mr. Payne Martin fort. «Wir geben vier Lokalzeitungen heraus, alle in der Gegend von Scottsville. Das sind keine Großstadtzeitungen. Wir sind nicht unpersönlich. Wir kennen unsere Abonnenten, und jeder ist uns wichtig. Und es ist uns wichtig, was sie lesen. Große Geschichte oder kleine Geschichte. Es gibt eine schlichte Tatsache, die einen Reporter ausmacht: Er bringt die Tatsachen.»

Er wiederholt sich, dachte Chris, und er war froh, als Sonia Martin sich einschaltete.

«In Ordnung, wenn wir ‹sie› und ‹Reporterin› sagen, Dad? Wenigstens ab und zu, wenn wir an die Demographie dieser Gruppe hier denken?»

Payne Martin nickte zustimmend. Chris mußte sich einfach fragen, was sein Vater …

«Wie ihr vielleicht wißt», fuhr Sonia fort, «gehen viele Zeitungen unter, verlieren ihr Publikum und ihre Inserenten ans Fernsehen. Kleine, unabhängige Zeitungen wie unsere laufen Gefahr, von den großen Medienkonzernen geschluckt zu werden.

Aber wenn wir untergehen, dann erleiden nicht nur die Leute, die hier arbeiten, einen Verlust. Unsere Gemeinschaft erleidet auch einen Verlust. Die Zeitung ist anders als jedes andere Medium. Sie ist aktuell, sie ist persönlich, sie ist universell, aber vor allem ist sie lokal. Wir schaffen eine Verbindung innerhalb der Gemeinde. Verstanden? Die Leute haben das Gefühl, daß die Zeitung ihnen gehört, und das stimmt auch. Warum?»

Sie blickte sich im Zimmer um und beantwortete ihre Frage abermals selber. «Die Zeitung gibt den Leuten die Möglichkeit, auf den Leserbriefseiten ihre Meinungen zum Ausdruck zu bringen. Und wir drukken Nachrufe, Ankündigungen, Verlobungs- und Geburtsanzeigen. Kein anderes Nachrichtenmedium leistet das. Vielleicht das Fernsehen. Das Fernsehen hat vormittags drei Minuten für Ankündigungen. Wir sind die einzigen, die mit dem Alltagsleben der Gemeinde verbunden sind. Deshalb sind wir stolz auf das, was wir tun. Aber vergeßt nicht, wir sind nichts ohne unsere Leserinnen und Leser, und um sie zu behalten, müssen wir gute, starke, interessante Sachen bringen.»

Eine mitreißende Rede. Sie brachte das wirklich. Chris fand es wunderbar, und er war jetzt schon halb verliebt in Sonia.

Sie stand auf und sah auf die Uhr. «Alle klar zum Gefecht? Wir müssen an den Redaktionsschluß denken, also legen wir los.»

Sie folgten ihr ins Nachrichtenzimmer. Es war groß und überfüllt, vollgestopft mit Archivschränken und Schreibtischen, Computern und flackernden grünen Bildschirmen. An den Wänden hingen Landkarten und Uhren. Und überall Papierstapel, Zeitungen, Telefonbücher, Wörterbücher und Plastiktassen.

Eine Frau legte einen Telefonhörer auf die Gabel. «Praktikanten?» rief sie, und alle blickten auf.

«Höre ich hier was von Praktikanten?» fragte ein Mann hinten im Zimmer.

«Die Praktikanten sind hier! Gott segne ihre lieben unschuldigen Seelen!» Solche Bemerkungen flogen durch das Zimmer.

«Frischfleisch …»

«Jetzt kannst du endlich Urlaub machen, Miska.»

Sonia überließ Faith Bernie Van Pelt, dem Redaktionsfotografen. Elizabeth und Vicki gingen mit Paul Dees. Sonia winkte Chris, ihr zu folgen. «Setz dich an diesen Schreibtisch», sagte sie und zeigte auf den, der ihrem gegenüberstand. «Mach dich mit dem Computer vertraut.»

Er setzte sich vor den Bildschirm und spielte an der Tastatur herum. Gelobt sei Mr. Arkins Computerkurs! Gerade lief eine Geschichte über ein neues Versicherungsgesetz ein. Telefone klingelten, und die Computertasten klickten ununterbrochen. «Academy Street, ein Brand, zehn-zehn, gerade über den Scanner gekommen», schrie irgendwer.

Plötzlich stürzten Faith und Bernie Van Pelt mit einigen Kameras vorüber.

«Den Brand überprüfen», sagte Sonia zu Chris.

Auch er sprang auf und rannte zur Tür. Academy Street? Wie sollte er dahin kommen? Tu einfach so, als ob du das wüßtest, sagte er zu sich. Vielleicht wartete vor der Tür ein Auto. Er fühlte sich ganz toll. Sein erster Tag, und schon war er mit einer richtigen Geschichte unterwegs.

«Chris!» Sonia hielt ihn auf. «Wo willst du denn hin?»

Ohne so recht zu wissen was, wußte er doch, daß er eine Dummheit begangen hatte.

Sonia zeigte auf das Telefon.

«Ruf die Feuerwehr an.»

«Jetzt? Soll ich nicht hinfahren?»

«Nein», sagte sie. «Soviel Zeit haben wir nicht. Bernie ist schon unterwegs. Wenn es ein richtiger Brand ist, über den wir berichten müssen, dann wird er sich melden. Bisher wissen wir nicht einmal, ob die Straße stimmt. Und schließlich kann ja auch irgendwem der Toast verbrannt sein. Ruf die Feuerwehr an und erkundige dich, was wirklich läuft. Du kannst auch die Polizei anrufen», fügte sie so ganz nebenbei hinzu.

«Ich hatte gedacht ...» begann er.

«Schon in Ordnung. Du machst hier dein Praktikum, du lernst, darum geht es doch schließlich.» Sie zeigte auf die Telefonkartei auf seinem Tisch. «Vergiß, was du im Film gesehen hast. Das Telefon ist dein drittes Auge.»

Chris durchblätterte die Karten, dann wählte er die Nummer der Feuerwehr.

«Feuerwehr Scottsville.»

Chris zögerte. Er sah zu Sonia hinüber, dann sagte er mit vorgetäuschtem Selbstvertrauen: «Hier ist Chris Georgiade vom *Scottsville Courier.*»

6

Liebe Mommy,
ich kann kaum glauben, daß schon eine Woche vorbei ist und daß ich Dir trotzdem erst heute zum erstenmal schreibe. Ich wollte anrufen, aber ich weiß ja, wie ungern Du Telefonrechnungen bekommst. Chris und Faith rufen auch nicht zu Hause an, nur Elizabeth hat ihre Mutter schon Zweimillionenmal angerufen. Naja, soweit ich weiß, mindestens viermal. Ihre Eltern sind beides Anwälte. Als sie Bilder von Dir und den Kleinen gesehen hat, hat sie gesagt, daß sie mich beneidet.

Sie ist nämlich ein Einzelkind. Du solltest sie mal sehen! Genau wie Schneewittchen, nur wiegt Elizabeth haarscharf zuviel. Aber echt, sie sieht aus wie eine Prinzessin aus irgendeinem fremden, seltsamen, exotischen Land. Was ist das für ein Vokabular? Ich lerne so viele Wörter! Wie *caveat* und *redundant*. Dieses Wort liebe ich! Wenn ich nach Hause komme und Nelson mir dreimal sagt, ich sollte irgendwas tun, dann werde ich einfach antworten: ‹Nelson, sei nicht so redundant!›

Faith ist auch nett. Sie macht keinen Schritt ohne ihre Kamera. Ich glaube, sie nimmt sie sogar mit ins Bett! Sie hat das meiste Glück von uns allen gehabt, weil die Zeitung nicht genug Fotografen hat, und deshalb wird sie zu richtigen Jobs losgeschickt. Wir anderen – ich will nicht sagen, hängen fest, es macht nämlich Spaß – in der Redaktion erledigen bescheidene Aufgaben wie Nachrufe schreiben und den anderen was zu trinken holen und herausfinden, wie irgendein Wort geschrieben wird.

Ach, und ich darf Chris nicht vergessen. Er ist nett und hat Locken. Er macht immer Witze und schreibt dauernd in sein Notizbuch. Ich glaube, er ist verliebt in Elizabeth, die eine Persönlichkeit ist und noch dazu superclever. (Ist das nicht unfair? Sie hat alles! Buuhuhh!) Ich bin schrecklich gern mit ihnen allen zusammen. Sie können alle soviel, Mommy, sie sprühen richtig Funken! Sogar Faith sprüht auf ihre eigene ruhige Art.

Ich lerne sehr viel. Ich sehe, wie eine Zeitung entsteht. Wir sind ganz unten an der Leiter, deshalb dürfen wir keine richtigen Artikel schreiben, aber Sonia will, daß wir sehen, wie alles läuft. Sonia (sie ist unser Boß, die Chefredakteurin und Payne Martins Tochter) erinnert uns immer daran, daß eine Zeitung ein Gemeinschaftsunternehmen ist und wir ein Team sind.

Jeden Tag machen die Redakteure das Layout für die Zeitung. Sie kommen um sechs Uhr morgens. Wir treffen gegen viertel vor sieben ein. Unser Ziel ist es, daß die Zeitung gegen fünf Uhr nachmittags in allen Briefkästen steckt, ehe die Fernsehnachrichten losgehen. Am wichtigsten beim Layout der Seiten sind die Anzeigen. Ob Du's glaubst oder nicht, Mommy, es gibt keine Zeitung ohne Einkünfte durch Anzeigen. Sie würden lieber eine Geschichte wegfallen lassen als eine Anzeige (das hatte ich noch nicht gewußt!). Die Anzeigenredaktion kümmert sich um den ganzen Anzeigenkram, und sie gehören sozusagen nicht ganz mit zur normalen Redaktion.

Ich glaube, ich kann jetzt alle Redakteure unterscheiden. Sonia ist die Chefredakteurin, Paul Dees ist Redaktionssekretär. Mary Pendleton ist Stadtredakteurin. Und es gibt einen stellvertretenden Redaktionssekretär und einen Landesredakteur und einige Nachrichtenredakteure, die den ganzen Tag vor ihren Computern sitzen und zusehen, wie die Meldungen aus aller Welt einlaufen. Es ist wirklich witzig, Mommy, niemand redet mit ihnen, sie scheinen in ihrer eigenen kleinen Welt zu leben, oder vielleicht sollte ich sagen, in ihrer großen Welt.

Jedenfalls laufen morgens die Redakteure mit großen Notizblocks herum und sehen sich an, woran die Reporter arbeiten. Sie schreiben es auf, und dann suchen sie auf ihren Seiten einen Platz für diese Artikel. Sie entscheiden, was der Aufmacher sein soll, und dann berechnen sie, wieviele Spalten zu wieviel Zoll sie für jede Geschichte haben wollen, zehn oder zwölf Zoll oder was auch immer. Unsere Zeitung hat sechs Spalten nebeneinander (nur für den Fall, daß Dich das interessiert!).

Heute hat Sonia mit uns Praktikanten in Maxies Diner Mittag gegessen. Ich habe Sonia gefragt, ob wirklich irgendwer jemals sagt: ‹Stoppt die Maschine!›

Sie hat geantwortet: ‹Sicher. Wenn wirklich etwas Großes passiert. Aber nur ein Redakteur darf das sagen. Nicht die Reporter.› Danach hat sie uns eine Geschichte über einen Nachrichtenredakteur erzählt, der schon seit zehn Jahren dort gearbeitet hatte. Die Nachrichtenredakteure haben so eine Art Routinegeschichten, wie, daß der Präsident eine Pressekonferenz gibt, und deshalb geraten sie wirklich in Aufregung, wenn etwas Wichtiges passiert, wie ein Erdbeben oder eine Revolution. Aber sie dürfen noch immer nicht rufen: ‹Stoppt die Maschine!›, weil es immer jemanden mit größerer Verantwortung gibt. Aber eines Tages, sagte Sonia, waren alle Redakteure unterwegs und etwas Sensationelles passierte. Und dieser Nachrichtenredakteur durfte ‹Stoppt die Maschine!› rufen. Sonia hat gesagt, daß sei sein schönster Augenblick gewesen!

Es war ein tolles Mittagessen, Mommy. Sie hat uns dazu gebracht, über journalistische Fragen zu reden und nachzudenken. Stell Dir das vor. Wir schieben die

Pommes ein, und Sonia sagt: ‹Wir verkaufen Zeitungen. Heißt das, daß alles, was den Verkauf ankurbelt, gut ist? Nehmen wir an, wir wissen aus zuverlässiger Quelle, daß der Bürgermeister auf einem Fest betrunken war. Damit könnten wir ein paar Zeitungen mehr verkaufen. Sollten wir das drucken?›

Ich sagte: ‹Ja!›, und schon erhob sich ein wilder Sturm. Faith meinte, es sei eine Privatsache, ob irgendwer auf Festen trinkt. Chris sagte: ‹Aber was ist, wenn sein Trinken seine Entscheidungen beeinflußt?› Elizabeth fragte: ‹Aber wie willst du beurteilen können, ob seine Entscheidungen beeinflußt werden?›

Und dann sagte Sonia: ‹Wenn ein Beamter privat trinkt, schreiben wir nichts darüber. Das ist kein Verbrechen. Wenn er betrunken zur Arbeit käme, dann wäre das etwas anderes. Aber ... wenn wir hörten, daß er trinkt, dann würden wir uns das merken, beobachten, wie seine Arbeit läuft, ob sie darunter leidet oder so.›

Es hat riesigen Spaß gemacht. Ich diskutiere gern, auch wenn ich mich manchmal irre.

Wir vier unternehmen viel zusammen. Es gibt ein Schwimmbad, das wir zu Fuß erreichen können. Und wir haben vor der Stadt einen alten Friedhof gefunden, der wirklich schön ist. Faith hat einige Grabsteine fotografiert. Hinter dem Friedhof haben wir eine alte Holzfällerstraße entdeckt, die in die Hügel führt. Es gibt immergrüne Pflanzen und Dornengestrüpp und Beerensträucher. Es war ein bißchen wie Vermont, und da habe ich Heimweh gekriegt.

Wir haben ein paar Leute aus der Stadt getroffen, zwei Paare. Wir sagten alle ‹Hallo!›, aber sie waren nicht sehr freundlich. Faith sagte, es wäre genauso in der Stadt, wo sie zur Schule geht, Dorftrottel und Akademiker und so. ‹Privileg contra Realität›, sagte Elizabeth. Sie hat ihre spezielle Ausdrucksweise. Sie meint, daß Scottsville so klein ist, daß alle einander kennen und daß diese Kids sicher schon wußten, daß wir das Sommerpraktikum bei der Zeitung machen.

Dann sagte sie, sie fände es unfair, daß niemand aus der Stadt ein Praktikum macht. Das hatte ich mir noch nicht überlegt. Elizabeth meinte, sie müßten wenigstens einen Praktikumsplatz für jemanden aus dem Ort reservieren.

‹Irgendwer von uns sollte zurücktreten›, sagte Chris. Er zeigte auf Elizabeth. Sie zeigte auf ihn. Dann zeigten alle auf alle und riefen: ‹Du trittst zurück!› – ‹Nein, erst du!› – ‹Nein, erst nach dir!› – ‹Ladies first!› schrie Chris. Die reine Hysterie.

Als letztes Abenteuer an diesem Tag fanden wir einen alten verrosteten Lastwagen. Wir beschlossen, daß die Kids aus der Stadt dagewesen waren und kamen mit Vorschlägen, was sie da getrieben hatten. (Keine Sorge, Mommy, das verrate ich Dir nicht!) Elizabeth kletterte ins Führerhaus und kam nicht wieder raus. Es gab innen keine Türgriffe. Wir mußten sie befreien.

Auf dem Rückweg gerieten wir in ein ernstes Gespräch über unsere Lebensziele. Chris will großartige Bücher schreiben. Elizabeth möchte Leute beeinflussen. Ihr Traum ist es, eine so fabelhafte Kolumnistin wie Anna Quindlen zu werden. (Bitte, finde für mich heraus, wer das ist. Ich wollte nicht zugeben, daß dieser Name mir nichts sagt.) Faith möchte mit ihren Bildern die Weltsicht der Menschen ändern.

Als sie mich fragten, wovon ich träume, sagte ich, ich wollte Amerikas beste Zeitungsreporterin werden. (Und ich dachte: Und auch die jüngste! Aber das habe ich nicht gesagt.)

‹Warum nicht die Beste auf der Welt?› fragte Chris.

Ich sagte: ‹Sehr gut. Von hier bis zum Mond!› Und dann tanzten und riefen wir alle: ‹Bis zum Mond! Bis zum Mond! Bis zum Mond!›

Du fehlst mir, und die Kleinen fehlen mir. Sag ihnen, daß ich bald schreibe. Massenhaft liebe Grüße, Deine Tochter Vicki

7

Chris saß in der Badehose auf der Veranda, stützte seine Füße gegen das Geländer und schrieb in sein Notizbuch. Er betrachtete seine Füße. Diese breiten Füße mit ihren dicken, einzelstehenden Zehen hatten ihn immer gestört. Füße wie sein Vater. Gorillafüße. War es möglich, die Seele eines Poeten und die Füße eines Gorillas zu haben?

Konnte jemand mit Gorillafüßen Romane schreiben?

Er hatte Gedichte geschrieben, und jetzt hatte er einen Roman angefangen – naja, er hatte etwas angefangen. Er hatte vier Personen: Drei Mädchen und einen Jungen. Vivi, Hope, Lisa und Crash.

Vivi hatte lange Beine, war unschuldig und verspielt. Hope war die Stille, die die Welt durch die Linse ihrer Kamera betrachtete. (Damit niemand zu ihr hinblicken konnte?) Und Lisa, die Frau mit der Weltklassefigur, war intellektuell, clever, großzügig. Der Junge, Crash, war in alle drei verliebt. Das war sein Problem.

Chris schmunzelte vor sich hin.

Gleich darauf schlug er eine andere Seite in seinem Notizbuch auf und schrieb: «Liebe Mom, lieber Pop –» Moment. Was sollte das denn? Wieso schrieb er an seinen Vater, wenn er doch nicht einmal mit ihm redete? Er hatte ein paarmal mit seiner Mutter telefoniert, mit seinem Vater jedoch nicht. Nicht, daß er noch immer wütend auf seinen Vater war. Warum sollte er. Er hatte ja bekommen, was er wollte. Er konnte es sich leisten, freundlich und großzügig zu sein.

Vielleicht sollte er seinem Vater eine Postkarte schreiben: ‹Lieber Pop, heute mußte ich mir den Arsch abarbeiten. Alles Liebe, Chris.› Das wäre dann am Montag. Dienstags würde er schreiben: ‹Lieber Pop, heute mußte ich mir den Arsch abarbeiten. Alles Liebe, Chris.› Und dasselbe am Mittwoch, Donnerstag, Freitag. Und am Samstag. Sein Vater würde den Witz nicht kapieren, aber er würde sich über diese Nachricht freuen.

«Liebe Mom, lieber Pop, ich stehe jeden Morgen ganz früh auf, ehrlich. Wie geht es Euch? Wie geht es Tim und Joanna? Mir geht es gut. Ich bin zu der Erkenntnis gekommen, daß Journalismus vor allem daraus besteht, Fetzen und Scherben aus dem Alltag zu sammeln, wie ein Vogel Schnipsel für sein Nest aufpickt.»

Er legte eine Pause ein, um dieses Gleichnis zu bewundern, dann fuhr er fort: «Jeden Tag sitze ich am Computer und schreibe zwei- bis dreizeilige Nachrichten über Barbecues, Ausverkäufe, Kunstgewerbeausstellungen, Ballonfestivals, Puppentheater, Molkereifeste und Treffen irgendwelcher Logen. Was immer anfällt, wir Praktikanten kümmern uns darum. Die Reporter halten diese Arbeit für öde, und sie überlassen uns Praktikanten gern diese präzisen, nervigen Informationen, die in den Computer eingegeben werden müssen. Namen, Daten, Orte. Ab und zu bekomme ich auch mal was wirklich Fetziges. ‹May Drinkler, 28, aus Fall Lane, gibt zu, unter Alkoholeinfluß Auto gefahren zu sein.› Das ist eine ganze Geschichte in zwölf Wörtern, vielleicht ein ganzes Leben, und es ist wirklich Arbeit, es so kurz und knapp zusammenzufassen.»

‹Arbeit?› würde sein Vater sagen. ‹Nein, mein ahnungsloser Junge, Arbeit ist Blasen, Schweiß und ein weher Rücken.›

Chris könnte den wunderbarsten Roman der Welt schreiben, ein Buch, das Millionen von Menschen Freude bringen und sie zu Tränen rühren würde, und sein Vater würde nur mit den Schultern zucken. Wenn sein Vater ihn jetzt sehen könnte, wie er in der Badehose und mit den Füßen auf dem Geländer dasaß, würde er sagen: ‹Mein Sohn ist in einem Countryclub.› Sein Vater begriff nicht, daß geistige Arbeit ebenso hart sein konnte wie körperliche, vielleicht sogar härter.

Gab es denn etwas Härteres als Denken?

Chris sprang auf die Füße und salutierte.

«Was soll das denn?» fragte Vicki und knallte mit der Verandatür.

«Ein Salut für meinen Alten.»

«Du salutierst für deinen Vater?» Sie trug enge blaue Shorts und ein Oberteil, das im Nacken gebunden war.

«Regelmäßig. Dreimal täglich. Immer mit dem Gesicht nach Osten.»

«Und sicher auch mit Trommelwirbel.» Vicki reichte ihm die Zeitung, und sie setzten sich hin und studierten sie gemeinsam.

«In letzter Zeit irgendwelche netten Nachrufe geschrieben?» fragte Chris. «Wer ist heute gestorben, Vicki? Mr. Wauwau Beller, nach dreißig Jahren treuer Dienste in der Big Can Hundefutter Company?»

«Ich weiß, du hältst Nachrufe schreiben für einen Witz, Chris», sagte Vicki. «Aber mir geht das eben anders. Heute habe ich mich schrecklich aufgeregt, als ich mich beim Bestattungsunternehmen über Mr. Douglas Scotty McNair erkundigt habe. Er war achtundachtzig, und er ist gestern gestorben.»

«Laß mich raten. Friedlich. Im Krankenhaus von Scottsville. Nach einem langen, fruchtbaren Leben!»

«Chris! Denk doch bloß an die arme Mrs. McNair. Sie waren sechzig Jahre lang verheiratet, und jetzt ist sie ganz allein.»

«Ich nehme mir die Nachrufe nicht so zu Herzen

wie du», gab er zu. «Wahrscheinlich sind deine deshalb so gut.»

«Achtundachtzig», wiederholte Vicki. «Der Bestattungsunternehmer hat gesagt, er sei noch voll fit gewesen, und er hatte dreizehn Enkelkinder.»

«Hat das eine mit dem anderen zu tun?»

Vicki versetzte ihm einen Rippenstoß. «Der Bestattungsunternehmer hat gesagt, Mr. McNair hätte die Namen und Geburtstage von allen gewußt.»

«Hat er geweint, als er dir das erzählt hat?»

«Wer? Der Bestattungsunternehmer? Ich glaube nicht, daß solche Leute Tränenkanäle haben. Ich habe allerdings geweint. Es ist so traurig, wenn jemand stirbt.»

«Tränen sind unprofessionell», sagte Chris und bekam einen weiteren Rippenstoß.

Dann erschien Elizabeth in einer geblümten Hose und einem ärmellosen Oberteil.

«Hallo, Leute. Wie war's heute bei euch?»

«Vicki hat den ganzen Tag geschnieft», antwortete Chris. «Und ich habe auch gelitten. Ich mußte gesellschaftliche Ankündigungen verfassen. ‹Die Pond Association hält am Sonntag um ein Uhr mittags im Messenger Cottage eine wichtige Versammlung ab. Alle Mitglieder werden um ihr Erscheinen gebeten. Es ist das erste Haus am Wehr auf der Orchard Street Seite.› Weiß du, wie ich mir vorkomme, wenn ich den ganzen Tag solchen Kram geschrieben habe, Elizabeth?» Er fiel auf die Knie und kroch zu ihr hinüber.

Es fing wie eine Performance an, wie ein kleines Verandatheater. Aber als er auf den Knien lag, verliebte er sich in ihre anbetungswürdigen Zehen, die allesamt rosa lackiert waren. Zehn fette kleine Weingummibärchen.

«Hach», sagte Vicki hinter ihm. «Hach, hach, hach.»

«Habt ihr Lust, schwimmen zu gehen?» fragte Elizabeth. «Vicki?»

Chris blickte zu Elizabeth auf. Die Sonne bildete um ihren Kopf einen Heiligenschein.

«Wartet auf mich. Ich zieh mich schnell um», sagte Elizabeth und ging zurück ins Haus.

«Was sollte denn die Kriecherei?» fragte Vicki.

Chris setzte sich wieder hin, griff zu seinem Notizbuch und schrieb: «Szene. Lisa sagt: Es ist heiß heute. Ich werde zur Entspannung meine Kleider ausziehen. Crash sagt: Soll ich dazu kommen?» Er machte eine Pause. Was würde sie sagen? Würde sie ihm die Tour vermasseln? Oder ihm mit dem Finger winken, daß er ihr folgen sollte? War das die Szene, mit der er anfangen müßte?

«Sollte ich einfach anfangen zu schreiben», schrieb er, «oder sollte ich die Dinge in meiner Phantasie reifen lassen, bis mein Kopf wie eine überreife Tomate aufplatzt?» Noch ein guter Vergleich. Er schrieb weiter: «Crash ist groß ... und sieht gut aus. Und er ist auch breit ... und sieht gut aus. Jedenfalls ganz klar behaarte Beine. Und sieht gut aus.»

«Was ist so komisch?» fragte Vicki. «Schreibst du über Elizabeth? Das machst du doch, oder?» Sie versuchte, in seinem Notizbuch zu lesen.

«Das ist privat!» Er hielt es außer Reichweite für sie. «Ich sehe alles,» sagte er.

«Du siehst was?»

«Deinen Ausschnitt, ich wollte nur höflich sein», fügte er hinzu.

Sie zog ihre Träger hoch und stieß seltsame Geräusche aus.

Er wollte den Arm um sie legen, aber sie riß sich los. «Bist du jetzt beleidigt?» Er hatte gedacht, nichts mache Vicki etwas aus, so gut wie nichts, jedenfalls. Sie war wie ein Gummiball, titschte von allem zurück. «Das war doch bloß ein Scherz», sagte er.

«Das war mir peinlich! Du reißt manchmal ganz schön den Schnabel auf.»

Das saß, aber er witzelte. «Damit ich dich besser hören kann, meine Liebe.» Eine typische Crash-Bemerkung.

«Alle fertig?» fragte Elizabeth, die gerade aus dem Haus kam.

Er sprang auf. «Du siehst sensationell aus!» platzte es aus ihm heraus. Sie trug einen roten Bikini und hatte sich einen roten Strandumhang über die Schulter geworfen.

Er folgte ihr die Treppe hinunter.

Elizabeth sah sich um. «Vicki, los, komm.»

«Ich komm nicht mit», sagte Vicki, «ich hab's mir anders überlegt.» Die Tür knallte hinter ihr ins Schloß.

Chris zuckte mit den Schultern. Dann holte er Elizabeth ein. Sie war einfach wunderbar.

8

Es klopfte. «Herein», rief Vicki.

«Arbeitest du gerade?» fragte Elizabeth und schaute ins Zimmer. «Lust auf Gesellschaft?»

Vicki sprang auf und strich ihre Bettdecke gerade. «Ja. Komm rein.» Sie sah sich um, um sich zu vergewissern, daß alles ordentlich war.

Elizabeth setzte sich auf die Fensterbank. Ihre Haare waren noch naß vom Duschen. «Himmel, was bin ich müde. Faith und ich waren die halbe Nacht wach und haben über ihre Familie geredet.»

«Setz dich hierhin, Elizabeth. Das ist bequemer.» Vicki klopfte aufs Bett. «Worüber habt ihr geredet?» Faith machte sie wirklich neugierig. Sie wußte viel über Chris und Elizabeth, sie sprachen dauernd über ihre Familien, genau wie Vicki über ihre. Aber Faith sagte nie ein Wort über ihre Familie. Vicki hatte den Eindruck, daß sie viel Geld hatten, aber das war dann auch alles.

«Ach, das ist eine lange konfuse Geschichte. Das interessiert dich sicher nicht. Und ich kann dir auch nichts erzählen, das mußte ich Faith versprechen.»

«Geheimnisse!» sagte Vicki. «Da ist sie nicht die einzige.» Es tat ihr im selben Moment leid, daß sie das gesagt hatte. Elizabeth blickte zu ihr auf, wartete auf mehr. Vicki schüttelte den Kopf. «Nichts. Tut mir leid. Vergiß es.» Sie griff rasch zu einer Plätzchendose und bot an. «Die hat meine Mutter gemacht.»

Elizabeth beugte sich vor, ihre Hand schwebte über der Dose. «Ich nehme nur ein halbes. Ich mache gerade Diät.» Sie biß hinein. «Mmm, wunderbar! Ach, vielleicht kann ich ein ganzes essen ... Sag mal, was hältst du hiervon?» Sie reichte Vicki ein betipptes Blatt Computerpapier. «Ich hab das einfach so hinge-hauen. Als ich heute morgen wach geworden bin, hatte ich diese Worte im Kopf. Sowie ich zum Job gekommen bin, habe ich mich an den Computer gesetzt. Und dann ist mir aufgegangen, daß es einen guten Artikel abgeben würde. Aber ich weiß nicht. Vielleicht irre ich mich auch. Ich war schon immer gut in Selbsttäuschung.»

```
Scottsville Courier
Kurztitel: (wird nachgeliefert)
Erscheinungstag: Sonntag?
Rubrik: (Vorschlag) Leben, Seite: 10
Länge: Medium: 27 Zeilen
Überschrift: (Vorschlag): Das Glück,
eine Biene zu sein - Bekenntnisse einer
Zeitungspraktikantin
Verfasserangabe: Elizabeth Ginzburg,
Redaktion Courier
Illustration: ??
Text:
Ich mache in diesem Sommer ein Prakti-
kum beim Courier. Morgens herrscht im
Nachrichtenzimmer eine hektische, ener-
giegeladene Atmosphäre, die ich liebe.
Eilige Schritte jagen über den Boden,
```

ich höre Witzeleien, ernste und erregte Stimmen, das angenehme, aber dringliche Trillern von Telefonen, manchmal Gelächter und immer das Klakken der Computer – das alles erregt mich wie der Rhythmus der besten Musik. Es ist mehr als nur ein Konzert! Alle brennen auf großer Flamme, alle sind in ihre Arbeit vertieft. Und jeden Morgen, wenn ich den Nachrichtenraum betrete, passiert mir etwas Wunderbares. Ich werde aus mir selber heraus und hinein ins Leben der Zeitung gefegt. Ich denke nur noch an die Geschichte, an der ich arbeite, oder an den Artikel, den ich Korrektur lese, an das, was mein Redakteur mir aufgetragen hat.

Wirklich, das *Ich* des Ichs scheint zu verschwinden, und obwohl ich das niemals gedacht hätte, ist dieses «Verschwinden» meiner selbst ausgesprochen angenehm. Mein Leben lang war ich schon ein «strahlendes Licht» (wie meine Mutter mich nennt). Ich war «zuverlässig» und «hervorragend». Ich bin Elizabeth Ginzburg, das Mädchen, von der Lehrer und Freunde erwarten, daß sie *immer* an der Spitze ihrer Klasse und an der Spitze ihrer Form steht. Ich bin die, auf die meine Freunde sich verlas-

sen und die meine Lehrer lieben. Ja,
das fand ich toll, ich wollte es, habe
dafür gearbeitet. ABER …

Aber jetzt finde ich das Empfinden
meiner selbst als nur eine von Dutzen-
den von kleinen Arbeitsbienen, die
voller Energie ihren Tanz aufführen,
unbeschreiblich herrlich. Aber vielleicht bin ich gar keine Biene, sondern
eine kleine Zelle unter vielen Zellen,
die durch den größeren Körper, die rie-
sige Zelle, die die Zeitung ist, herum-
spritzen und schwirren.

In diesem Sommer hier in Scottsville
habe ich etwas über mich selber herausgefunden. Es ist entspannend und
befriedigend, nur ein kleiner Teil von
etwas Größerem zu sein, andere die Entscheidungen treffen zu lassen und einfach die Arbeit zu machen.

«Sei erbarmungslos», sagte Elizabeth, nachdem Vicki
gelesen hatte.

«Das ist gut», sagte Vicki.

«Echt?» Elizabeth fuhr sich mit den Fingern durch
die Haare.

«Mir gefällt es.»

«Wirklich?» Elizabeths Haare schienen in Flam-
men zu stehen. «Du findest das wirklich gut? Ich
möchte eine richtige Kritik. Ich habe Respekt vor
deinem Urteil.»

«Naja …» Vicki fühlte sich geschmeichelt, daß Elizabeth ihre Meinung hören wollte. Was konnte sie sonst noch sagen? Sie hätte nicht so geschrieben. Es war intensiver als Vickis Texte, und diese Geschichte mit dem «Ich des Ichs» verwirrte sie.

«Aber jedenfalls kommt es ja auf Sonia an», sagte Elizabeth.

«Oh, du mußt es Sonia zeigen», meinte Vicki.

«Hab ich schon gemacht. Und sie ist nicht vor Begeisterung umgekippt, falls du das annehmen solltest. Sie hat nicht ‹Stoppt die Maschine› geschrien. Sie ist nicht tot umgefallen.»

«Wer?» fragte Faith, die gerade hereinkam. «Wer ist nicht tot umgefallen?»

«Sonia.» Elizabeth rutschte auf dem Bett beiseite, um Platz für Faith zu machen. «Ich erzählte Vicki gerade von Sonia.»

Vicki hielt Faith ein wenig verwirrt die Plätzchendose hin. Faith hatte den Artikel also gelesen. Ob Elizabeth auch Chris um sein Urteil gebeten hatte? Und wen sonst noch? War sie damit im Nachrichtenzimmer hausieren gegangen? Und Vicki hatte sich auch noch geschmeichelt gefühlt.

«Also», sagte Elizabeth, «Sonias genaue Worte waren: ‹Das ist interessant, Elizabeth. Danke. Vielleicht finden wir dafür Platz.› Ihr wißt doch, wie sie redet, auf diese gleichförmige, aufregungslose Weise. Alles hört sich genau gleich an. ‹Es gibt einen Hurrikan. Hol mir zum Mittagessen eine Wurst.› Sie regt sich über nichts mehr auf als über alles andere.»

«Ob sie wohl so mit ihren Kindern redet», überlegte Faith.

«Sie hat Kinder?» Vicki hatte nie daran gedacht, daß Sonia überhaupt ein Privatleben haben könnte. Sie war die Chefredakteurin. Sie war die Zeitung. Sie war Geschäft. Vicki konnte sich nicht vorstellen, wie Sonia kochte, den Staubsauger betätigte oder ein Pflaster auf eine Wunde klebte. Wenn jemand mit einem gebrochenen Arm zu ihr käme, dann würde sie in den Computer eingeben: *Ein gebrochener Arm. Vicki Barfield. An den Redaktionssekretär weitergegeben.*

«Sie hat zwei süße kleine Jungen», sagte Faith.

«Sie hat den ganzen bürgerlichen Vorstadtkram», fügte Elizabeth hinzu. «Mann, Kinder und Hund. Haus mit Rasen und an jeder Seite der Haustür identische Buchsbäume. Sieht aus wie eine Reklame für eine Lebensversicherung.»

«Woher wißt ihr das alles?» fragte Vicki.

«Faith und ich mußten ihr für das Redaktionsbarbecue am Samstag einen Haufen Kram rüberbringen. Wir haben Mr. Sonia kennengelernt. Faith findet ihn toll. Brooks-Brothers-Anzug und Pferdeschwanz. Faith steht auf die Kombination.»

«Hör auf, Elizabeth!» bat Faith. Sie errötete.

«Oooooooh, du bist scharf auf Sonias Mann?» sagte Vicki.

«Nein, bin ich nicht. Er ist nett, aber auch wenn er zu haben wäre, würde ich nicht …»

«Clever», nickte Elizabeth. «Sehr clever.»

«Finde ich auch», fügte Vicki rasch hinzu. Bei Elizabeth und Faith hatte sie immer das Gefühl, hinterherzuhinken, mußte immer rennen, um sie einzuholen.

«Mr. Martin muß einfach phantastisch gewesen sein, als er jünger war», sagte Elizabeth.

«Elizabeth ist auch scharf auf Mr. Martin», sang Faith.

Mr. Martin? Vicki mochte und achtete ihn sehr. Er hatte zwei Workshops für sie veranstaltet und über seine Erfahrungen als Kriegsberichterstatter mit ihnen diskutiert, und beide Male waren hervorragend gewesen. Aber auf ihn scharf sein? Es fiel ihr schwer, an einen so alten Mann anders zu denken als eben alt.

Sie ließ sich wieder aufs Bett fallen und versank in eine ihrer Lieblingsphantasien. Vicki Barfield, Korrespondentin für eine große Nachrichtenagentur, gibt per Telefon ihren Bericht aus der Kriegszone durch. Gute Arbeit, Barfield, sagt ihr Redakteur in New York City. Als nächstes ruft sie den phantastischen Mann zu Hause an. Natürlich hat Chris auch mit seinen Büchern zu tun, und außerdem kümmert er sich um das Kind.

«Also, wenn ihr von tollen und phantastischen Männern reden wollt», sagte sie. Sie hielt sich für geheimnisvoll.

«Wir wissen, wen du meinst», sagte Faith.

«Ich wünschte, du wärest um deinetwillen etwas zurückhaltender mit ihm, Vicki», sagte Elizabeth. Sie schüttelte Vickis Fuß. «Süße! Faith und ich haben gestern abend die Kartoffelsalat-Arie gesehen. Du hast Chris ja praktisch mit dem Löffel gefüttert.»

Vicki spürte, wie ihr Temperament hochkochte. «Hört mal, Leute, ich hab ihm bloß die Schüssel gereicht. Was sollte ich denn tun, sie ihm vielleicht auf den Kopf knallen?»

«Ich finde es schrecklich zu sehen, wie du in die Falle Mann hineintapst», sagte Elizabeth.

«Wovon redest du denn da? Du hörst dich an wie meine Mutter.» Vicki ging zum Schrank und fing an, ihre Kleider zu sortieren. «Gefällt euch dieses Hemd?» Sie hielt ein Batik-T-Shirt hoch.

«Hör zu, Vicki. Ich meine das wirklich ernst. Auf alles, was Chris sagt, kommt von dir: Ja, Chris ... Er sagt, er hat Durst, und du springst auf und holst ihm ein Glas Wasser. Warum läßt du ihn das nicht selber holen?»

«Ich würde dir auch ein Glas Wasser bringen, wenn du eins wolltest», fiel Vicki ihr ins Wort. War es wirklich so offensichtlich, daß sie in Chris verknallt war? Ansonsten war noch offensichtlich, daß Chris, dieser Mistkerl, in Elizabeth verschossen war. Er versuchte immer, sie anzufassen, tippte ihr auf die Schulter, zerwühlte ihre Haare. Heimtückische kleine Grabbeleien.

«Streitet euch nicht, ihr zwei», sagte Faith mit ihrer sanften Stimme. «Das ist ein scharfes Hemd, Vicki.»

«Du kannst es jederzeit leihen, Faith.»

«Wechselt hier nicht das Thema», sagte Elizabeth. «Ich sag es nur zu deinem Besten, Vicki. Du mußt vorsichtig sein, wenn du Beziehungen eingehst. Ich kenn mich damit aus.»

«Ich gehe gar nichts ein», erwiderte Vicki und hängte das Hemd auf. «Ich wünschte, ich täte das», murmelte sie vor sich hin.

Plötzlich stand Elizabeth neben ihr, stieß die Kleiderbügel beiseite und fragte: «Was ist das denn hier für ein Chaos, Vicki?» Sie warf einige Kleiderbügel auf den Boden.

«Elizabeth! Was soll denn das?»

Elizabeth starrte auf die auf dem Boden verstreuten Kleiderbügel.

«Tut mir leid, Vicki.» Elizabeth schüttelte den Kopf. «Warum rege ich mich so auf über dich und Chris? Was würde Vera sagen? Um was geht es hier wirklich?»

«Wer ist Vera?»

«Ihre Therapeutin», sagte Faith.

Elizabeth fing an, die Kleiderbügel aufzuheben. «Übertragung. Das müßte ich doch inzwischen erkennen können. Was ich gemacht habe, war im Grunde, mir selber zuzureden ... mit mir selber zu reden ... über mich und Ira. Oh, das ist klassisch, Elizabeth!» Sie drückte Vicki kurz an sich. «Tut mir leid, Vicki. Ich habe mich in dir gesehen, und das hat mich loslegen lassen. Verstehst du, was ich meine?»

«Nein.»

«So, wie du dich bei Chris benimmst, dauernd um ihn rumtanzt ...»

«Ich tanze nicht dauernd um ihn rum, Elizabeth.»

«Keine Panik, Vicki, aber das tust du doch. Es ist ein Fehler, sich so sehr auf einen Typen einzulassen, daß du ohne ihn nicht mal Atem holen kannst. So was ist mir mit Ira passiert. Ich gehe jede Wette ein, daß Sonia nie einem Mann am Hals gehangen hat.»

Elizabeth setzte sich. «Weißt du noch, wie Sonia uns erzählt hat, daß die Wahrheit zentral im Leben einer Journalistin steht. Ich hatte das Gefühl, sie meinte mich allein damit. Wißt ihr, das habe ich gespürt. Hier.» Sie legte sich die Hand aufs Herz. «Die Wahrheit zu wissen, nach der Wahrheit zu handeln, in allen Beziehungen wahrheitsgetreu zu sein. Und vor allem, mit einem selber. Das ist mein Ideal – ich möchte Ira ins Auge blicken und sagen können: ‹Ira, es ist aus.›»

«Das mußt du wirklich sagen», meinte Faith, «und das hast du noch nicht getan.»

Elizabeth nickte. «Ich fürchte mich davor.»

«Wovor fürchtest du dich?» fragte Vicki. Wieder hatte sie das Gefühl, hinterherzuhinken.

«Vera, meine Therapeutin, sagt, es wäre diese Geschichte mit der Vaterfigur. Ein Teil von mir, der unreife Teil, möchte sich an eine starke männliche Vaterfigur anklammern.»

Vicki hatte Iras Foto gesehen. Groß, blond und untersetzt. «Ira ist wie dein Vater?» Sie konnte den Gesichtern der anderen ansehen, daß das wieder eine von ihren unpassenden Bemerkungen war.

«Nein, nein, nein. Ich meine, wenn ich mit ihm zusammen bin, dann mache ich mich von ihm abhängig. Wie du mit deinem Vater.»

Vicki kniff die Augen zusammen. Wie konnte sie sich von ihrem Vater abhängig machen, wo sie doch gar keinen hatte?

«Weißt du, was es bedeutet, daß ich hierher nach Scottsville gekommen bin?» fuhr Elizabeth fort. «Ich bin vor Ira weggerannt und auch davor, ihm gegenüber bei der Wahrheit zu bleiben. Und mir gegenüber.

Oh, und das ist das Schlimmste dabei! Ich wollte mir selber nicht ins Gesicht sehen. Ich konnte mich nur dazu bringen, ihn versprechen zu lassen, mir Freiraum zu geben. Keine Anrufe, keine Briefe, kein gar nichts. Wenigstens war ich gescheit genug, um zu begreifen, daß ich erstickt wurde.»

«Von Ira?» fragte Vicki. Sie hätte die Klappe halten sollen.

«Nein, Vicki.» Elizabeth packte Vickis Hals und tat so, als ob sie sie erwürgen wollte. «Nicht so ... sondern *so!*» Sie legte die Hände um ihren eigenen Hals und führte eine Pantomime vor.

«Ich verstehe», sagte Vicki. Aber das stimmte nicht. Und deshalb kam sie sich naiv, dumm und sehr jung vor.

9

«Elizabeth, Elizabeth ...» rief Chris. Er hatte eine Idee. Es war Sonntagnachmittag, an einem drückend heißen Tag. Faith und Vicki, diese beiden Verrückten, waren Tennisspielen gegangen. Ausnahmsweise also waren er und Elizabeth allein.

Sie hatte sich in einem Korbstuhl auf der Veranda zusammengerollt. Sie blickte von ihrem Buch auf und schob langsam ihre Brille die Nase hinunter.

Was sollte das bedeuten? Fiel es ihr schwer, ihren Blick zu fixieren? Oder ärgerte sie sich über die Unterbrechung? Freute sie sich, ihn zu sehen? Oder war es einfach königliche Gleichgültigkeit? Nach drei Wochen empfand er Elizabeth gegenüber immer noch Scheu. Er hatte mit Faith keine Probleme und war mit Vicki wirklich vertraut. Es machte ihm nichts, den Arm um sie zu legen, sie zu necken und jede Dummheit zu erzählen, die ihm gerade einfiel.

«Lust auf ein Eis?» fragte er.

Elizabeth streckte die Hand aus. «Wo ist es?»

«Ich dachte, wir könnten zu Maxie gehen.» Maxies Diner war berühmt für die hausgemachten Desserts und Eissorten, und da es genau gegenüber vom *Courier* lag, hingen alle aus der Redaktion dort herum.

«Den ganzen Weg bis in die Stadt?»

«Die haben eine Klimaanlage», sagte er und wakkelte wie Groucho Marx mit den Augenbrauen.

«Sehe ich brauchbar aus?» Sie trug Shorts und ein ärmelloses Oberteil, einen Arm voll von geflochtenen Armbändern und lange Federohrringe, die bis auf ihre Schultern reichten.

«Du siehst großartig aus», sagte er ehrlich.

Sie schüttelte die Armbänder an ihren Handgelenken. «Ganz schön viel Schmuck für ein schnödes Vanilleeis.»

«Ich lad dich zu einem Eiskaffee ein», sagte er. «Die servieren den in so altmodischen Silbertassen auf Tortendeckchen.»

Auf dem Weg in die Stadt hielten sie sich auf der schattigen Seite der Straße. «Ira würde das gar nicht gern sehen», kommentierte Elizabeth.

«Was, Gehen oder Eis?»

«Eis. Er hält das für eine zu orale Aktivität.»

«Was, ißt er nicht gern?»

«Ira gehört zu den Leuten, die hervorstechen müssen. Das hat mich zu ihm hingezogen. Er ist nicht wie alle anderen. Er kann es einfach nicht ausstehen, diese Alltagsdinge zu tun, das, was alle machen.»

«Putzt er sich die Zähne?»

Das brachte ihm ein Lächeln und ein Grübchen ein. «Ira geht nicht einmal gern ins Kino», fuhr Elizabeth fort. «Außer in so obskure künstlerische Filme, die sich sonst kein Mensch ansieht, weil sie so langweilig sind. Aber für Ira – naja, er hat über alles seine Meinung. Er ist sehr intelligent.»

«Alle Leute, die Ira heißen, sind intelligent», sagte Chris düster. Er fuhr jedesmal zusammen, wenn Elizabeth den Namen des legendären Ira nannte. «Seit wann ist dieser intelligente Ira schon dein Freund?»

«Das haßt er auch. Freund. Freundin.»

«Ich dachte, er wäre dein Freund.»

«Er ist mein …»

«Sag bloß nicht, er wäre dein bedeutender Anderer.»

Sie schüttelte ihre Armbänder. «Hören wir auf, über ihn zu reden, Chris. Ich habe mir selber versprochen, daß ich meine Gedanken in diesem Sommer von Ira Bluestone befreien würde.»

Chris wollte ihr da nicht widersprechen.

«Das war schon genug Ira!» Sie legte Chris die Hand auf den Arm. «Du bist mein Zeuge. Kein Ira mehr. Ich verspreche, ich werde Iras Namen nicht mehr erwähnen.»

Was bedeutete, rechnete Chris aus, daß sie den

Namen des Unaussprechlichen bereits viermal ausgesprochen hatte, seit sie gesagt hatte, sie wolle ihn nicht mehr erwähnen.

Eine Gruppe von Einheimischen in engen Jeans und hohen Stiefeln starrte Chris und Elizabeth an, als sie über Maxies Parkplatz gingen.

Daumen in den Gürtelschlaufen, eine lässige Ruhe ausstrahlend. Crash bewegte sich über den Parkplatz. Blicke trafen ihn, blickten dann weg. Schultern schienen sich sichtlich zu verbreitern. Unser Gebiet, Fremder.

«Meine Güte», flüsterte sie beim Spießrutenlauf. «Alle diese Country-Knaben-Typen. Ich wette, es gibt im Umkreis von zweihundert Meilen keinen einzigen Juden mehr.»

«Und was ist mit Griechen?»

«Die auch nicht.»

Bei Maxie war es wie immer brechend voll. Chris hielt Ausschau nach einer leeren Eßnische. Elizabeth berührte seine Schulter. «Sieh mal, da sitzt Mr. Martin. Komm, wir sagen ihm guten Tag.»

«Das geht doch nicht», widersprach Chris. Mr. Martin war, naja, Mr. Martin. Er war wie der amerikanische Adler. Man drängte sich ihm einfach nicht auf. Oder vielleicht doch, wenn man Elizabeth war. Sie durchquerte schon das Restaurant, und Chris folgte ihr.

«Hallo, Mr. Martin!» rief Elizabeth.

Mr. Martin blickte auf. «Elizabeth. Chris. Setzt euch. Was kann ich für euch bestellen?» Er legte Zeitung und Notizbuch beiseite und winkte der Kellnerin.

Elizabeth glitt gegenüber von Mr. Martin auf die Bank. Chris setzte sich neben sie. Die Kellnerin wartete mit ihrem Block. Chris schüttelte den Kopf. «Nichts», sagte er.

Mr. Martin ließ nicht locker. «Bitte, es ist mir ein Vergnügen.»

Elizabeth bestellte ein kleines Sorbet.

«Eine Eisschokolade», sagte er widerwillig. Das war nicht gerade seine Vorstellung davon, mit Elizabeth allein zu sein.

«Ich dachte gerade über die Kinder nach, die gestern abend auf dem Schulhof verhaftet worden sind», sagte Mr. Martin. «Diese Drogengeschichte. Das ist nicht unser erster Drogenfall in Scottsville, aber ich habe mich noch immer nicht daran gewöhnt. Wenn die Drogen sogar Scottsville erreichen …»

«Drogen sind überall», sagte Chris. Brillanter Kommentar. «Wir müssen die Dealer erwischen. Sie alle ins Gefängnis sperren.» Noch eine originelle Ansicht. Was er jetzt brauchte, war ein ‹Sofort Löschen› und ein ‹Rascher Vorlauf›.

«Die Dealer erwischen?» Elizabeth biß an. «Blödsinn. Solange daran Geld zu verdienen ist, wird es immer neue Dealer geben. Wir werden den Rauschgifthandel nie los, solange der illegal ist.»

«Du willst Rauschgift legalisieren?» fragte Chris.

«Ich habe in meinem Kurs über Moderne Amerikanische Geschichte darüber ein Referat gehalten», sagte Elizabeth. Das Eis wurde gebracht. Sie schob ihre Schale beiseite. «Wir haben es in diesem Land nie geschafft, Drogen zu verbieten oder auszurotten. Wir haben es mit Alkohol versucht, und es hat nicht geklappt. Jetzt versuchen wir es mit Rauschgift, und das klappt auch nicht. In einer Demokratie kann das nicht klappen. Wir hier in Amerika glauben an das Recht, zu tun, was wir wollen. Rauschgift muß legalisiert werden. Auf diese Weise verliert der Rauschgifthandel die enormen Profite. So wirst du die Dealer los.» Sie streckte die Hand aus und probierte Chris' Eiskaffee.

«Meinst du, daß jeder sich Drogen kaufen können soll? Im Drugstore?» fragte Chris. Neben Elizabeth kam er sich ungefähr so aufregend vor wie ein Hydrant.

«Genau. Gib den Leuten die Wahl. Das passiert jetzt. Sieh dir Alkohol an – wird im Laden verkauft. Alkohol ist eine Droge. Alle haben das Recht, zu trinken oder es zu lassen. Das ist ihre Sache. Wo ist der Unterschied? Wir haben eine doppelte Moral. Wozu die Heuchelei?»

Mr. Martin trank einen Schluck Kaffee.

«Du kannst nicht Drogen und Alkohol gleichsetzen», sagte Chris. Anstelle eines Rendezvous mit Elizabeth hatte er jetzt mit ihr eine Auseinandersetzung.

«Eine Droge ist eine Droge, Chris.» Sie sprach mit geduldiger, lehrerinnenhafter Stimme. «Alkohol ist eine Droge. Das kann dir jeder Fachmann bestätigen. Wenn du das nicht weißt, Chris, dann können wir auch nicht darüber reden ...»

«Moment, Moment, laß mich ausreden. Die Leute trinken Alkohol zur Entspannung ...»

«Genau. Also warum sollten sie zur Entspannung keine Drogen nehmen?»

«Das tun sie doch. Darum geht es nicht.» Er kam nicht gegen das Gefühl an, daß er bei dieser Diskussion den kürzeren zog, und er wurde immer lauter. «Drogen sind viel schwerer, schneller. Drogen hauen wirklich rein, Elizabeth. Wenn du erst mal dranhängst, wenn du erst mal süchtig bist, dann heißt es Wiedersehen, dann hast du dein Leben ruiniert.»

«Aber alle haben das Recht, mit ihrem Leben zu machen, was sie wollen. Wenn sie ihr Leben ruinieren wollen ... Stimmt das nicht, Mr. Martin?»

«Ein Recht, sich selber zu zerstören?» fragte Chris. «Ich kann nicht glauben, daß du das glaubst.»

«Wer soll das denn entscheiden, wenn nicht du selber?» fragte sie. «Du hast dein Gehirn, ob du es anwendest oder nicht. Willst du, daß irgendwer sonst, der Staat oder die Regierung, für dich denkt? Nein, danke, ich nicht.»

«Wie ist's mit Sicherheitsgurten? Motorradhelmen? Die Gesellschaft muß ans Allgemeinwohl denken. Wer bezahlt denn wohl für die ganzen Junkies?»

«Darum geht es mir ja unter anderem. Wenn Drogen legalisiert würden, wäre das viel billiger für die Gemeinschaft. Ich sage nicht: Seid verantwortungslos. Ich sage: Legalisiert Drogen, damit die Kriminellen aus dem Geschäft aussteigen.»

Mr. Martin kritzelte etwas in sein Notizbuch. «Vielleicht solltest du einen Diskussionsbeitrag für uns schreiben, Elizabeth. Wir haben viel über Drogen geschrieben, aber du bringst eine neue Ansicht.»

Unter dem Tisch stieß Elizabeths Fuß gegen Chris'. Was wollte sie damit sagen. Haha, ich hab ein Sehr gut bekommen, und du nicht!? Er schob seinen Eisbecher beiseite. Warum hatte Mr. Martin nicht ihn um einen Diskussionsbeitrag gebeten? Und warum beugte sich Elizabeth dermaßen über den Tisch zu dem alten Kerl vor? Sie sah wunderbar aus, und nur ein Idiot hätte nicht gesehen, daß Mr. Martin jede Sekunde genoß.

Plötzlich legte sie wieder mit einem ihrer Bekenntnismonologe los. Chris konnte nicht begreifen, wie sie vom Rauschgift auf Ira gekommen war, aber ihr gelang das. Sie erzählte Mr. Martin die ganze Geschichte des Großen Unaussprechlichen, wie sie dieses ganze Jahr zusammengewesen waren, wie intelligent er war und blablabla. Chris klinkte sich aus.

Als er wieder einschaltete, sagte Elizabeth gerade: «Aber war es nicht schrecklich egoistisch von mir, Ira den ganzen Sommer über hängenzulassen?»

«Manchmal müssen wir uns zuerst um uns selber kümmern.»

«Ach, vielen Dank, daß Sie das sagen.» Elizabeth berührte seine Hand, als ob ihr göttliche Weisheit zuteil geworden sei. «Das tut so gut. Das wird mir wirklich helfen, mit dieser Ira-Geschichte fertig zu werden.»

Was, fand Chris, sie in der letzten Stunde schon mindestens zehnmal getan hatte.

«Ich möchte nicht, daß Sie meine Motive, hierherzukommen, für fadenscheinig halten, Mr. Martin. Ich wollte nicht nur aus dieser Situation heraus weglaufen. Ich wollte mich ernsthaft in den Journalismus vertiefen. Keine Flirts. Keine Männer. Nur Arbeit.»

«Ich hoffe, du hast nichts gegen Männer.» Mr. Martin zwinkerte Chris zu. Seine Wangen hatten sich gefärbt. Er flirtete mit Elizabeth. Und sie flirtete zurück!

«Natürlich nicht! Ich liebe Männer!» erklärte sie. Aber sah sie dabei Chris an?

Später, als sie das Restaurant verlassen hatten, mußte Elizabeth sofort die ganze Unterhaltung wiederkäuen. «Hast du gesehen, wie Mr. Martin aufpaßt, Chris? Und was hat er für wundervolle klare Augen! Oh, Chris!» Sie packte seinen Arm. «Ich habe zuviel geredet, oder? Das passiert mir immer, wenn ich enthusiastisch bin. War ich wirklich schrecklich? Ich weiß, ich habe das ganze Gespräch an mich gerissen.»

Sie sah ihn so flehentlich an, daß er es nicht übers Herz brachte, ihr zuzustimmen. «Mr. Martin fand es toll», sagte er.

«Ich glaube, er hat mich durchschaut», sagte sie und hörte sich dabei niedergeschlagen an. «Ich quassele so schrecklich viel, rede, als ob ich alles unter Kontrolle hätte. Aber du kennst mich, nicht wahr?»

Und so kam es, daß Chris, der bei Maxie bereit gewesen war, Elizabeth für immer fallenzulassen, ihr schließlich versicherte, daß sie bei Mr. Martin wirklich großartig gewesen sei und mit Ira das einzig Mögliche gemacht habe. Manchmal sei Egoismus eben gesund. Und außerdem sei das kein Egoismus, sondern Selbsterhaltung.

Das alles sagte er, und mit nur etwas mehr Ermutigung hätte er ihr vielleicht gesagt, daß er sie liebte – was nun nämlich wieder der Fall war, und zwar ärger denn je.

10

Als Faith sie fragte, was sie von Flugball hielte, sagte Vicki nicht, daß sie nur ein paarmal im Sportunterricht Tennis gespielt hatte. «Ich habe meinen Schläger zu Hause gelassen», mehr sagte sie nicht. Faith lieh Vicki einen von ihren. Auf dem Tennisplatz packte Vicki den Schläger mit beiden Händen, wie sie das im Fernsehen gesehen hatte, und erwiderte jeden Ball. «Du langst ja echt zu», sagte Faith. Das war ein Kompliment, da es von Faith kam, die eine wirklich gute Spielerin war.

Nach dem Tennis wollten sie bei Maxie etwas trinken, und wen entdeckte Vicki dort? Elizabeth und Chris, die es sich in einer der hinteren Eßnischen gemütlich gemacht hatten. Das regte sie dermaßen auf, daß sie Faith wieder hinauszerrte. «Ich hab's mir anders überlegt, Faith, hier ist es zu voll. Komm, wir gehen zu Frosty.» Und das taten sie dann auch.

Und dann – wirklich, sie wußte, daß sie sich wie ein Baby aufführte, aber sie kam nicht dagegen an – sagte sie, sie wollte doch nichts, und stürzte allein davon.

Manchmal liebte sie Elizabeth, aber manchmal haßte sie sie auch. Elizabeth, ihre Nemesis! Ein neues

Wort, aber es brachte ihr nicht einmal etwas, das zu benützen. Sie warf die Haustür hinter sich ins Schloß.

«Weißt du noch, wie du dich aufs Schwimmen gefreut hast?» fragte sie sich selber. «Wer hat dir das kaputtgemacht? Elizabeth. Ach, komm jetzt, nicht ungerecht sein, Vicki, auch wenn du nicht reif sein kannst. Elizabeth war es nicht allein. Chris läßt sich von ihr an der Nase herumführen.» Sie knallte auch mit ihrer Zimmertür. Gut, daß sie allein zu Hause war.

War es erst gestern abend gewesen, daß sie und Chris sich in der Küche dermaßen amüsiert hatten? Sie hatten für alle Popcorn machen wollen. «Also, Chris», hatte Vicki gesagt. «Hast du zu Hause eine Freundin?» Sie war ein wenig neugierig und ein wenig provozierend gewesen. Sie hatte auch Däumchen gedrückt.

«Freundin?» hatte Chris gefragt und sein Gewackel mit den Augenbrauen veranstaltet. Seine Augenbrauen waren immer in Bewegung, aufwärts oder abwärts. Er konnte im Grund mit seinen Augenbrauen eine ganze Unterhaltung führen. «Freundin, wie eine, nur eine? Ich habe Dutzende von Freundinnen, Vicki.»

«Aber sicher», antwortete sie. «Deshalb kriegst du auch jeden Tag zehn Briefe.»

«Meine Freundinnen und ich kommunizieren in Gedanken. Mental Express Mail. Ist dir nie aufgefallen, wie meine Augen manchmal aufleuchten? Dann läuft ein MEM ein. Eine Art geistige Post.»

Vicki stupste ihn in den Rücken.

«Und das ist wegen …?» fragte er. Er machte dieses wirklich scharfe, dusselige Gesicht.

Sie hatte angefangen, wie ein Boxer um ihn herumzutanzen, hatte ihn angestoßen und ihn herausgefordert, diese Stöße zu erwidern. Sie liebte sein Aussehen, liebte seine Locken, und seine Lippen! Wenn sie ein paar Gramm mehr Mut gehabt hätte, dann hätte sie ihn umarmt und einen saftigen Kuß auf seinen Mund gepflanzt. Sie war auch schon gefährlich kurz davor. Sie fing an, an ihm herumzuschnüffeln. Sie liebte den Geruch seiner Haut. Sie wollte ihn berühren. Sie wollte … sie wollte … sie wollte …

In der Ferne heulte eine Sirene los. Ich *will … will … will,* schien sie zu rufen. Oder sollte das *Warnung … Warnung … Warnung* heißen? Sie kniete in ihrem Zimmer am Fenster und legte den Kopf auf die Fensterbank. Selbst hier oben konnte sie noch den Muskatduft von Mrs. Roos' rosa und weißem Phlox wahrnehmen. Ein Junge, der unten auf der Straße vorüberging, blickte auf, sah sie und lächelte. Vicki hob die Hand zu einem schlaffen Winken. Ihre Laune besserte sich einwandfrei.

Plötzlich hatte sie eine gute Idee. Sie ging in die Diele und lief die Treppe zur Mansarde hoch. «Hallo?» rief sie. «Chris? Irgendwer zu Hause? Wollte nur mal nachsehen.»

Sie legte sich auf Chris' Bett, verschränkte die Hände hinter dem Kopf und schlug die Beine übereinander. Sie hätte sich von Faith eine Zigarette leihen sollen. Es wäre jetzt ganz schön gut, sich eine anzustecken und einfach hier zu liegen und über ihr Leben und den Sommer und diese miese Schlange Chris nachzudenken.

Sie hatte sich wirklich Mühe gegeben, Chris gegenüber kühler zu werden, nicht sofort zur Stelle zu sein, wenn er sich blicken ließ, nicht auf seine leiseste Bemerkung hin schon zu springen. Sie hatte sich Elizabeths Warnung, nicht so eifrig zu sein, zu Herzen genommen. Aber leicht war das nicht. Und wozu sollte es überhaupt gut sein, wo Chris doch außer Elizabeth nichts sah?

Sie setzte sich auf. Waren das Schritte auf der Treppe? Das Haus war still, und sie legte sich wieder hin. Und wenn Chris nun kam und sie hier fand? ‹Was soll das denn heißen?› würde er sagen. ‹Was machst du in meinem Zimmer, Vicki?›

Sie würde kein Wort darauf sagen. Sie würde ihn einen langen, bedeutungsschweren Moment lang mustern, dann aufstehen, auf dem Boden eine Aschespur hinterlassen und hinausgehen. Sollte er sich doch den Kopf zerbrechen.

11

Aus Chris' Notizbuch
   Drama beim Abendessen. Ein Einakter.
   Hintergrund:
   1. Faith raucht
   2. Sie raucht niemals im Haus

3. Sie raucht immer bei der Garage

4. Mrs. Roos haßt Rauchen, egal wo.

Zeit: Letzte Nacht

Ort: Eßtisch

Manuskript:

Mrs. R. (unheilverkündend): Heute habe ich draußen die schmierigen Überreste von drei Zigaretten gefunden.

Die Praktikanten mustern einander voller entsetzter Verzweiflung und Furcht. Alle schließen sich in einem unausgesprochenen Abkommen zusammen:

Faith vor dem Zorn von Mrs. Roos zu beschützen.

Vicki (unschuldig): Sie haben Zigarettenstummel gefunden, Mrs. Roos? Wo denn?

Mrs. R. (zeigt nach draußen): In der Auffahrt.

Elizabeth: O nein! Wer kann das gewesen sein?

Faith (tritt tapfer vor): Oh, es tut mir so leid, Mrs. Roos, ich muß das gewesen sein.

Mrs. R. (unheilverkündend, als ob Faith einen Axtmord begangen und die Leiche am Tatort zurückgelassen hätte): Hast du vor, sie dort liegen zu lassen?

Faith: Aber nicht doch, nein, Mrs. Roos. Ich werde sie aufheben.

Mrs. R. (unbeugsam): Wann?

Faith (lammfromm): Jetzt?

Elizabeth: Mrs. Roos! Faith ißt doch gerade.

Mrs. Roos (logisch): Und dieser Dreck liegt noch immer in meiner Auffahrt.

Chris alias Crash (springt auf, die Gabel in der Hand): Ich ziehe los, um die Heldentat zu begehen!

Die Damen überhäufen ihn mit beifälligen Blicken,

als er nach draußen rennt, um die widerlichen Übeltäter aufzuspießen. Chris kehrt zurück und hält dabei die üblen aufgespießten Zigarettenstummel hoch.

Chris (bescheiden): Der siegreiche Held kehrt zurück. Ich habe die verdammten Invasoren umgebracht, Mrs. Roos. Sie werden Sie nicht mehr belästigen.

Mrs. R. (wieder friedlich): Danke, Christopher. Wirf sie in den Müll.

Der Held geht hin, um seine Arbeit zu vollenden. Als er vorübergeht, zwinkert Elizabeth ihm zu.

ENDE

Elizabeth zwinkert mir zu.
Auf diese Weise ändert sich der ganze Tag,
Vorher bin ich einfach ein Heini,
bin bereit zu lächeln und
wie ein Bär zu tanzen.
Dann zwinkert Elizabeth mir zu.

12

«O Faith, ich liebe dich. Ich liebe es, wie du dich anziehst», sagte Vicki. Faith trug ausgebeulte schwarze Hosen und ein lockeres schwarzes T-Shirt. Vicki wußte kaum, was sie sagte. Sie fühlte sich einfach locker und glücklich und wollte gern reden. «Du bist sooooo … nett.» Sie strich Faith die Haare glatt und trank noch einen Schluck Bier. «Wie oft haben sie schon getanzt?» fragte sie und deutete auf Chris und Elizabeth. Und hörte sich selber die Frage wiederholen. «Wie oft haben sie schon getanzt?»

Faith hatte ein Auge geschlossen und eins offen. Sie sah witzig aus, wie sie sich die Kamera vors Gesicht hielt.

«Mach ein Bild von mir», sagte Vicki.

Faith wirbelte herum und machte eine Großaufnahme von Vicki. «Deine kleine Eisenbahnermütze gefällt mir», sagte sie. «Mach was damit.» Vicki zog sich die Mütze über ein Auge. «Perfekt.» Faith machte mehrere Schnappschüsse, sprang herum, nahm Vicki aus verschiedenen Winkeln auf.

«Mach ein Foto von dem Schild über der Bar, Faith», sagte sie. Darauf stand: WILLKOMMEN IN UNSERER SCHEUNE. DU MUSST ALKOHOLHALTIG SEIN. Das war witzig. Auf dem Tisch hatte ein Krug mit Bier gestanden, der seit ihrer Ankunft immer wieder neu gefüllt worden war.

«Schilder interessieren mich nicht», erwiderte Faith.

Vicki hob den Bierkrug. «Und wie wäre das als Motiv?»

Faith hob die Kamera.

«Nein, nein, nein!» rief Vicki. «Das sollte bloß ein Witz sein. Nicht! Wenn meine Mutter das nun zu sehen kriegte! Nicht, Faith!»

Faith achtete nicht auf sie und knipste weiter.

Vicki war high. Sie war noch nie in einer Kneipe gewesen. Und, ehrlich gesagt, hatte sie auch bisher nie mehr als einen Schluck Bier getrunken. Sie stützte ihr Kinn auf Faiths Schulter. «Frage, Faith. Hör zu. Ich bin Reporterin, also stelle ich Fragen.» Sie nahm noch einen Schluck Bier. «Du bist die Kamera, also machst du Bilder. Frage. Warum geht die Kamera überall hin, wo du hingehst?»

«Weil sie meine beste Freundin ist.»

Vicki nickte wissend. «Das habe ich mir gedacht.» Sie streckte die Hand nach ihrem Glas aus.

«Vicki, jeder Schluck, den du trinkst, zerstört deine Gehirnzellen.»

«Oh, die armen kleinen Gehirnzellen.»

Faith schob den Krug aus Vickis Reichweite. «Hör mal zu, ich sag dir, wie ich über das Fotografieren denke. Kannst du mir zuhören? Kein Bier mehr. Ich möchte, daß du dich auf mich konzentrierst.»

Vicki runzelte die Stirn. Faith benahm sich, als ob sie ihre Mutter oder ihre Tante wäre. Sie hob ihr leeres Glas und ließ die Zunge innen um den Rand wandern.

«Das Bild sollte eine eigene Botschaft haben. Wörter sind nicht nötig. Wenn ein Bild erklärt werden muß, dann ist es ein Reinfall.»

Vicki griff wieder nach dem Krug.

«He, Vicki, laß das.»

«Kümmer dich um deine eigenen Angelegenheiten, Faith! Steck deine Kamera jemand anderem ins Gesicht!» Der Krug rutschte aus ihrer Hand. Sie sah zu, wie das Bier über die Tischkante tropfte.

Chris kam zurück und setzte sich ihr gegenüber.

«Wo ist das Bier?»

«Faith ist schuld daran, daß ich es umgestoßen

habe.» Vicki bewegte tadelnd den Zeigefinger. Faith machte ein Foto von ihr. «Diese Faith ist eine Landplage, Chris.»

«Hör lieber auf», sagte Chris und hielt für den Kellner den leeren Krug hoch.

Vicki packte seine freie Hand. «Ich möchte Bier trinken. Ich möchte tanzen. Ich möchte mit dir tanzen. Ich möchte auch an die Reihe kommen.» Sie versuchte ihn hochzuziehen, aber sie kippte gegen Faith und konnte nicht aufrecht stehen. Wooo! Und durch den verräucherten Raum kam Elizabeth in ihrem roten Kleid auf sie zu.

«Erzähl Elizabeth was von Kameras», sagte Vicki zu Faith. «Mach ein Bild von ihr. Das tust du bestimmt.» Sie schloß die Augen. «Ooooh, Elizabeth», flüsterte sie.

Ein Hammer dröhnte in Vickis Kopf, und sie konnte kaum den kleinen Reisewecker neben ihrem Bett erkennen. War es wirklich schon acht Uhr? Vielleicht träumte sie noch. Sie biß sich in den Finger. «Aaauuu!»

Sie stand auf und stand mitten im Zimmer. Sie trug ihre Unterwäsche. Wer hatte sie letzte Nacht ins Bett gebracht? Oh, bitte mach, daß es nicht Chris war. Sie zog die erstbesten Kleidungsstücke an, die sie in der Schublade fand, Jeans mit abgeschnittenen Beinen und ein Hemd, das über der Brust ein bißchen eng saß. Oh, ihr Kopf, ihr armer versoffener Kopf. Es kam ihr vor, als ob ein Flipperautomat in ihr herumwanderte, und alle Stahlkugeln schepperten und klickten und jagten sich hinter ihren Augen.

Unten warf sie einen Blick auf die Auffahrt. Faiths Auto war verschwunden. Also würde sie zur Redaktion laufen müssen. Irgend etwas machte ihr wegen letzter Nacht Gedanken. Etwas mit dem Auto. Etwas Gutes ... und etwas nicht so Gutes. Ihr fiel ein, daß sie auf der Heimfahrt auf Chris' Schoß gesessen hatte. Das mußte das Gute sein. Aber ... das Schlimme! War das ein Traum, oder war ihr wirklich schlecht geworden? Sie erinnerte sich an den plötzlichen Halt, an die aufgerissene Tür, daran, wie sie aus dem Auto hing und sich erbrach.

In der Küche fand sie in der Pfanne auf dem Herd ein Stück kalten Toast. Dann trank sie Milch gleich aus der Packung. Als Mrs. Roos erschien, stellte Vicki die Packung eilig zurück in den Kühlschrank. «Guten Morgen, Mrs. Roos», brachte sie heraus.

Mrs. Roos musterte sie. «Du gehst zur Arbeit?»

Vicki nickte. «Ich habe verschlafen. Ich fühle mich nicht sehr wohl.»

«Du siehst nicht sehr gut aus», meinte Mrs. Roos.

Im Nachrichtenraum versuchte Vicki ungesehen an Sonias Schreibtisch vorbeizugleiten. «Vicki!» Sonia winkte sie zu sich.

Vickis Magen geriet ins Schlingern. Sie hätte diesen fettigen Toast nicht essen dürfen. Was Sonia wohl dachte, wenn sie sie ansah? ‹Zu spät gekommen ... Atem stinkt nach Kotze ... unpassend angezogen ... zu jung für diesen Job ...› Vicki hielt den Atem an. Ihr Gesicht kam ihr ganz zerrissen vor, nicht wie ein reifes Gesicht, nicht wie das Gesicht einer Sechzehnjährigen, die das Leben im Griff hatte.

Sie hatte etwas über ihr Zuspätkommen sagen wollen, eine Erklärung, vielleicht eine kleine Entschuldigung. ‹Mein Wecker hat nicht geklingelt … ich habe verschlafen … und dann hatte ich Kopfschmerzen …› Aber es war schlimm genug, einfach nur aufrecht zu stehen und Sonia ins Gesicht zu blicken. «Tut mir leid, daß ich zu spät bin», murmelte sie. Sie versuchte zu lächeln, aber das schien auch nicht zu klappen. «Ich habe verschlafen. Niemand hat mich geweckt.» Babygerede. Und das entging auch Sonia nicht.

«Wirklich hart, wenn du dich nicht auf deine Mitbewohner verlassen kannst.»

Von ihrem Sarkasmus wurde Vicki schwindlig. Sie stützte sich mit einer Hand auf den Schreibtisch und konnte sich nur mit Mühe aufrecht halten.

«Weißt du, Vicki, es gefällt deinem Boß, wenn du pünktlich bist. Sie lächelt, wenn du früh kommst. Sie denkt, daß dir dein Job wirklich wichtig ist.»

«Das ist er, er ist mir wichtig, das ist er!» Zu überschwenglich. Einmal ‹das ist er› hätte gereicht.

«Aber wenn du zu spät kommst», fuhr Sonia fort, «dann glaubt dein Boß, du wolltest sie auf irgendwelche Weise linken.» Ihre Augen wanderten zu Vickis Gummilatschen hinunter, dann hoch zum zu engen Hemd. «Und dein Boß bemerkt, wie du angezogen bist. Wenn du aussiehst, als wärst du gerade unterwegs zum Strand, dann fragt sie sich, ob du wirklich hier sein möchtest. Also … denk drüber nach, Vicki. Das wär's. Ende der Vorlesung.»

Vicki brach an ihrem Schreibtisch zusammen, sie tat sich selber leid, und auch Sonia tat ihr leid, die eine so hoffnungslose Praktikantin hatte. Und was war mit ihrer armen Mutter, wenn Vicki gefeuert wurde und in Schande nach Hause zurückkehren mußte? Sie hätte am liebsten geweint. Sie leckte sich die Lippen und durchwühlte ihre Taschen nach Münzen für den Getränkeautomaten. Sie schob einige Papiere hin und her, öffnete eine Schublade und schaute hinein, gab vor, beschäftigt zu sein. Wie sollte sie bloß einen ganzen Tag durchstehen, so mies, wie sie sich fühlte?

Paul Dees legte einen Ordner vor sie hin. «Nachruf», sagte er. Vicki lächelte dankbar. Irgendwer war gestorben. Hervorragend. Jetzt mußte sie arbeiten und konnte vielleicht aufhören, an ihren Kopf und ihre vielen Probleme zu denken.

«Sieh mal im Archiv nach», sagte Paul. Vicki nickte und wandte ihr Gesicht von Paul ab, für den Fall, daß sie einen Atem wie ein Stinktier hatte.

Sie wählte die Nummer, die Paul ihr gegeben hatte. «Hier ist Vicki Barfield vom *Courier*.» Sie konnte die Berührung des Hörers kaum ertragen. «Ich rufe an wegen ...»

Nach dem Anruf ging sie ins Archiv, um sich über den Hintergrund des Verstorbenen zu informieren. Das Archiv gehörte zu ihren Lieblingsplätzen. Sie kam immer her, wenn sie ein paar freie Minuten hatte, und vertiefte sich in die Ordner.

Es faszinierte sie, alte Geschichten zu lesen. Das Archiv des *Courier* reichte siebzig Jahre zurück, Jahrzehnte, ehe sie auf die Welt gekommen war. Und während all dieser Jahre wurden Menschen geboren, sie wuchsen heran und starben, es gab Erdbeben und Brände, Häuser wurden gekauft und verkauft, geschäftliche Unternehmungen wurden begonnen, Kinder verließen das College, und Hunde gingen zum Hundetraining.

Es war wie eine Prozession, eine großartige Parade, ein unerschöpflicher Strom von Menschen, die Nachrichten und Geschichten schufen. Die Parade war immer dagewesen, sie fand gerade statt, und sie würde ihr Leben lang und auch später weitergehen. Das war so beruhigend.

Nach Feierabend gingen sie alle Tennis spielen. Vicki wollte schwitzen und einen klaren Kopf bekommen. Sie und Chris spielten gegen Elizabeth und Faith. Chris sagte ihr immer wieder, wo sie stehen und wie sie einen Netzball schlagen sollte. Er hätte sich den Atem sparen können. Sie interessierte sich nicht für strategische Feinheiten. Was sie wollte, war, den Ball so hart und so oft wie möglich zu treffen. Sie drehte völlig durch, rannte schneller als alle anderen und traf Bälle, die niemand für möglich gehalten hätte.

«Wow!» sagte Elizabeth. «Was für eine Wilde!»

«Wenn das von Elizabeth kommt, dann ist es ein Kompliment», sagte Faith.

Vicki und Chris schafften es irgendwie, jeden Satz zu gewinnen. «Und dabei haben wir nie richtige Tennisstunden gehabt», sagte Vicki.

«Jawohl», sagte Chris, aber nach jedem Punkt wandte er sich an Elizabeth. «Was sagst du dazu, Elizabeth?» krähte er.

Schließlich hätte Vicki ihn treten können. Konnte er seine sexuell frustrierten Gedanken denn nicht einmal eine Sekunde lang von Elizabeth abwenden? Vicki hatte letzte Nacht auf seinem Schoß gesessen. Zählte das denn gar nicht? Sie wünschte sich doch nur, von ihm angesehen oder kurz gedrückt zu werden. Irgend so was. Spontan. Was brachte es schon, um eine Umarmung betteln zu müssen?

In der Schule hatte es Jungen gegeben, die sie mochte, und manchmal suchten sie und ihre Freundinnen sich einen bestimmten Jungen heraus und bestürmten ihn. Und jetzt, wo sie schon daran dachte, fiel ihr ein, daß es in der siebten Klasse im Musiksaal einige denkwürdige Momente mit Rick Garganis gegeben hatte. Aber das war alles so kindlich, so jung, so nichts, verglichen mit ihren Gefühlen für Chris.

Sie gewannen drei von vier Sätzen. Sie reichten sich die Hände. Und dann, irgendwie, streifte sein Arm, sein heißer, verschwitzer, behaarter Arm, ihren. Ein eiskalter Schauer lief ihr Rückgrat auf und ab.

Vicki verlor die Kontrolle über sich. Sie schlang die Arme um Chris' Taille und zielte auf sein Gesicht. Vielleicht gelang es ihr, seine Nase zu küssen. Was sie sicher wußte, war, daß Chris ein scheußliches Geschrei ausstieß und daß Faith und Elizabeth lachten. Oh, dieser verfehlte Kuß! Dieser blöde, verfehlte, schlecht gezielte und schwachsinnig durchgeführte Kuß!

13

Chris saß im Schneidersitz auf seinem Bett und las laut sein neues Gedicht, feierlich, in der gemessenen Sprechweise des Poeten. Er betonte gewisse Wörter mit einem steigenden Singsang, und er dehnte andere Wörter nasal aus, wie er das im Fernsehen bei dem berühmten Dichter Robert Bly erlebt hatte. «Kannst du das Heeerz schlagen hören/hörst du die Fledermausflüüügel in der Duuunkelheit/verborgen im aaalten Wald/es wartet ... auf dich/im Duuunkeln/und den Blääättern.»

O Gott, er klang gut. Und das Gedicht – kurz, aber intensiv – war hervorragend, trotz seiner Zweifel. Er war inspiriert gewesen, als er es geschrieben hatte. Er mußte es jemandem zeigen. Nein, nicht irgendwem – Elizabeth. Sie war die freimütige Intellektuelle, sie würde ihm offen ihre Meinung sagen. *«Ich habe es für dich geschrieben», sagte Crash zu Lisa. Ihre Augen leuchteten auf. «Für mich?» Sie nahm sein Gesicht zwischen ihre kühlen Hände und streifte mit ihren Lippen neckend die seinen ...*

«Elizabeth!» rief er die Treppe hinunter. «Wo steckst du?»

Wundersamerweise antwortete sie. «Hier unten. Was willst du?»

Nicht viel. Sei einfach nur meine Liebessklavin. Bete mich an. Bete meine Lyrik an.

Er stürzte zu ihrem Zimmer hinunter, sein Gedicht in der Hand. Sie trug eine lockere Seidenhose und eine rote chinesische Bluse. Strohsandalen an ihren bloßen, schönen Füßen. Noch jetzt, nachdem er sie schon einen Monat lang kannte, schien er in ihrer hinreißenden, glühenden Nähe zu verstummen. Naja, nicht verstummen im Sinne von sprachlos, aber ein bißchen blödsinnig, und dann sagte er allerlei, ohne zu wissen, was er sagen würde, bis er die fatalen Worte von seinen Lippen fallen hörte.

«Ich habe heute mit meinem Vater gesprochen. Zum erstenmal, seit ich hier bin.» Er wollte nicht über seinen Vater sprechen. Aber er sprach über ihn. «Fühlst du dich mies, wenn du mit deinem Vater redest?»

«Mit meiner Mutter», korrigierte Elizabeth. «Nein. Und du?»

Er hätte sich auf eine einzige strenge Silbe zurückziehen können. Ja oder nein. Beide hätten getaugt. Dann hätte er zu seinem Gedicht weitergehen können. Statt dessen plapperte er drauflos und geriet immer tiefer in den Treibsand dieser Unterhaltung. «Mit meiner Mutter? Nie im Leben. Nein. Du kennst doch griechische Mütter. Aber mein Vater! Ich sage hallo, und er sagt: Ich habe sehr lange nichts mehr von dir gehört, mein Sohn.»

«Stimmt das?»

«Warum kann er mich nicht anrufen?» Chris scharrte ein wenig mit den Füßen und erinnerte sich daran, was er blöderweise seinem Vater erzählt hatte. ‹Hier ist ein Mädchen, das mir irgendwie gefällt. Ich meine, sie gefällt mir richtig gut.› Und als ob das noch nicht reichte, hatte er gesagt: ‹Ich meine, ich liebe sie.›

‹Du liebst sie?› wiederholte sein Vater in einem Tonfall, als ob Chris vorgeschlagen hätte, das Lincoln-Denkmal in die Luft zu sprengen. ‹Liebe, in deinem Alter? Bitte, vergiß es. Du wirst noch viele Mädchen lieben. Warum erzählst du mir das? Ist etwas passiert?›

‹Pop, nein, nichts! Ich wollte nur mit dir reden. Ich möchte, daß es besser wird zwischen uns. Du weißt schon, Vater und Sohn?› Er wollte etwas Reifes und Intelligentes sagen, aber es kam heraus wie Kraut und Rüben. ‹Ich meine, offen zueinander sein, Pop, die Dinge teilen …›

‹Was soll das? Wovon redest du da eigentlich?›

‹Kommunikation›, sagte Chris, als ob die Georgiades eine dieser Familienserien zur Hauptsendezeit wären, wo Vater den Arm um Sohn legt und von seinen früheren holperigen Versuchen mit dem anderen Geschlecht erzählt. Sohn lächelt. Vater lächelt. Musik erklingt. Mutter kommt dazu und lächelt. Publikum erbricht sich.

Chris winkte vor Elizabeth's Gesicht mit dem Blatt mit seinem Gedicht. «Ich bin heruntergekommen … nicht, um über meinen Vater zu reden! Ich möchte, daß du das hier liest, ich meine, hörst. Nein, lies es einfach.» Verdammt. Würde ihm hier überhaupt irgendwas gelingen?

«Moment mal», sagte Elizabeth. Sie ging in ihr Zimmer und kehrte mit einer übergroßen Brille mit rotem Gestell zurück. Sie setzte sie auf und las.

Chris lehnte an der Wand und verschränkte die Hände über seinem Kopf. Der sorglose Poet.

«Das überrascht mich», sagte sie und blickte auf. «Ich hatte dich für unbeschwerter gehalten.»

«Übersetzung: Kleinstadt und provinziell?»

«Chris», sagte die Liebe seines Lebens. «Das ist ein nettes kleines Gedicht.»

Nettes kleines Gedicht? Hätte sie zwei noch tödlichere Wörter finden können? Und dann, als ob sie kurz seinen Kopf streichelte, fragte sie, ob er noch weitere Gedichte hätte. Und der Poet, dieser anmaßende Esel, sagte mit steifer Würde: «Sicher. Ich mache eine ganze Serie, die ich Mansardengedichte nenne.»

Falls er je wieder ein Gedicht schreiben würde, beschloß er, als er die Treppe hoch und zurück zu seiner einsamen Mansarde trottete.

Tausende jubeln bei dieser Ankündigung.

«Georgiade», sagte er zu sich. «Du hast für jede Gelegenheit die passende Bemerkung. Und je witziger du bist, um so weniger weißt du von dir selber, und um so schwieriger ist es, mit dir zu leben.»

Huch? Wer lebte hier mit wem? Gab es zwei? Das konnte möglich sein. Und wenn das so war, dann wollte er gerne gegen sich vorgehen.

Die vier waren zum Schwimmbad unterwegs, als das Telefon klingelte. Chris, der noch rasch ein Buch holen wollte, nahm ab.

«Elizabeth da?» fragte eine tiefe Männerstimme.

«Wer ist da?» fragte Chris.

«Ira», sagte die Stimme klangvoll. «Ira Bluestone.»

Es gab also wirklich einen Ira Bluestone. Elizabeths Unaussprechlichen. Den Ira aus ihrem anderen Leben.

«Hallo? Ist Elizabeth da?»

Chris legte den Hörer hin und ging langsam zur Verandatür. Wenn er sich genügend Zeit ließe, dann würde Ira vielleicht den Mut verlieren und auflegen.

Die Mädchen blickten ihn an. «Ist das für mich?» rief Vicki.

«Das ist für Elizabeth», sagte Chris leise.

«Für wen?» rief Vicki.

«Elizabeth.»

«Für mich?» fragte Elizabeth und kam zurück. «Wer denn?» fragte sie.

«Ira.»

Sie hob den Hörer auf, als ob es sich dabei um eine Schlange handelte, fand Chris, aber vielleicht war das ja nur Wunschdenken? Er setzte sich auf die Treppe und schlug sein Buch auf, lauschte dabei aber schamlos.

«Ira, das ist wirklich nicht …»

Dann sagte sie lange Zeit gar nichts.

«Ira, ja. Ich will auch mit dir reden, aber … Ich will mich jetzt nicht damit befassen … Ira, wir hatten verabredet, uns diesen Sommer über Freiraum zu lassen …»

Er schien ihr wieder ins Wort gefallen zu sein. Chris haßte diesen Typen schon. *Geh weg vom Telefon, Elizabeth. Dieser Typ besteht nur aus Mund und hat keine Ohren. Nur Gerede und kein Zuhören.*

«Hier?» fragte sie. Sie ließ sich gegen die Wand sinken. «Du willst herkommen? Hier gibt es nichts für dich zu tun. Ich arbeite. Und außerdem hatten wir verabredet …»

Sie blickte zu Chris herüber. «Ira, bitte … Ira, kannst du nicht einfach … legst du jetzt bitte auf … Ira, das möchte ich nicht sagen.»

Chris erhob sich halbwegs. Konnte das Elizabeth sein, die da sprach? Die selbstsichere Elizabeth? Die überschwengliche, selbstsichere, freimütige Elizabeth? Die klare, ernsthafte, angehende Kolumnistin mit Meinungen? Er winkte ihr zu, machte mit den Fingern eine Scherenbewegung. Weg mit ihm! Zerschneide die Leitung. Zerschneide die Verbindung!

«Nein, ich werde nicht ...» Sie schüttelte den Kopf, drehte sich dann um und hielt Chris den Hörer hin.

«Ich?» fragte er. «Was soll ich denn sagen?»

«Was du willst.» Sie ging hinaus auf die Veranda.

«Liebst du mich?» fragte Ira.

«Nein», antwortete Chris.

«Wer ist da?»

«Chris. Ich wohne hier mit Elizabeth. Wir leben in diesem Haus zusammen. Sie und ich teilen ...» Er wollte durchaus weiterreden, aber Ira fiel auch ihm ins Wort.

«Dein Humor gefällt mir nicht. Hol Elizabeth, ich will mit Elizabeth reden.»

«Sag mir, daß du mich liebst, dann hole ich sie.»

«Was bist du, ein Idiot, oder was? Hol mir Elizabeth!»

«Sie sagt, ich soll auf Wiedersehen sagen. Finde ich auch. Auf Wiedersehen, Ira, Liebling!» Chris machte Kußgeräusche in die Sprechmuschel und legte dann auf.

«Du spinnst», sagte Elizabeth. «Du bist vielleicht ein Heini!» Aber auf dem ganzen Weg zum Schwimmbad konnte sie nicht aufhören zu lachen.

14

«Du kommst heute mit mir», sagte Sonia eines Nachmittags nach Redaktionsschluß zu Vicki. Sie hielt ihre Autoschlüssel in der Hand.

«Ich? Wohin denn?» fragte Vicki. Kein Redakteur verließ je die Redaktion. Sie schnappte sich ihren Rucksack und folgte Sonia durch den Nachrichtenraum und hinaus auf den Parkplatz.

Im Auto sagte Sonia erst einmal nichts. Vicki fühlte sich Sonia gegenüber immer ein wenig befangen und sogar ängstlich. Ob Sonia noch immer an den schrecklichen Morgen dachte, als Vicki verkatert zur Arbeit erschienen war? Ob sie bemerkt hatte, daß Vicki seither doppelt so hart arbeitete?

Das Schweigen im Auto machte Vicki zu schaffen. Sie hatte allerhand Sorgen. War es nicht blöd, daß sie nach all diesen Wochen immer noch Heimweh hatte? Tagsüber ging es, aber nachts lag sie einfach nur im Bett und weinte.

Den anderen schien es nichts auszumachen, daß sie weg von zu Hause waren. In der letzten Nacht hatte sie ausgiebig geheult, dann war sie aufgestanden und hatte das Foto ihrer Mutter mit dem Bild nach unten gelegt. Danach hatte sie aus irgendeinem Grund einschlafen können.

Was ihr am meisten zu schaffen machte, war jedoch der nie verstummende Gedanke, daß der Sommer verging und daß sie noch nichts geleistet hatte. Sie hatte noch immer keine eigene Geschichte veröffentlicht.

Vicki blickte aus dem Fenster. *Süße, es wird schon noch kommen. Tapfer sein!*

Mama, sei still! Ich gebe mir alle Mühe.

«Wie geht's uns denn so, Vicki?» fragte Sonia.

Sie setzte für Sonia ein strahlendes Lächeln auf. «Großartig! Dieser ganze Sommer war eine phantastische Erfahrung.»

«Gut. Dein Enthusiasmus gefällt mir. Aber was ist mit Mrs. Roos – wie läuft das?»

«Gut!» Vicki hatte einen Fuß auf den Sitz gezogen. «Sie kann ganz schön hart sein, haufenweise Regeln. Aber innendrin ist sie lieb.»

«Also, ich habe die Erfahrung gemacht, daß Leute, die eine rauhe Schale haben, innerlich zumeist nur aus Sandpapier bestehen.»

Vicki setzte ihre Sonnenbrille auf. Was für ein toller Spruch! Warum sagte sie so was nie? Innerlich nur aus Sandpapier. Vielleicht sollte sie das in einem Gespräch Chris gegenüber einfließen lassen.

«Die Arbeit gefällt dir also, Vicki?»

«O ja, und wie! Ich liebe den Nachrichtenraum. Ich liebe auch die Stadt.» Sie erzählte Sonia, daß sie am Abend vorher im Regen einen Spaziergang gemacht hatte. «Aber es war warm, weißt du, und die Leute saßen auf der Veranda, und alle haben mich gegrüßt. Sie waren wie eine Menge von Onkels und Tanten.»

«Ich weiß, ich weiß. Vergiß nicht, ich bin hier aufgewachsen. Haben sie alle gesagt: ‹Hallo, Liebes. Schöner Abend zum Spazierengehen. Heute keinen Regenschirm dabei?›»

Dieses ganze Gespräch zog Vicki hoch. Ob jetzt der

Moment gekommen war, Sonia zu fragen, wohin sie fuhren? Nein. Wäre nicht cool. Sie versuchte, sich eine clevere und intellektuelle Bemerkung auszudenken.

«Und wie läuft's bei dir so, Sonia? Bist du gern unser Boß?»

«Schrecklich gern», sagte Sonia lachend und tätschelte Vickis Knie.

Diese Berührung stürzte Vicki in Verwirrung. War das eine freundliche Geste, von einer Kollegin zur anderen? Oder ... ein mütterliches Streicheln? Und sollte das bedeuten, daß Sonia Vicki für ... unreif hielt? Kindisch? Wurde sie hier gönnerhaft behandelt? Vicki setzte sich gerade, schob ihre Sonnenbrille höher und beschloß, kein Wort mehr zu sagen. Das war allerdings schwer. Sie wollte alles kommentieren und preßte die Lippen aufeinander.

Sonia bog auf den Parkplatz des Einkaufszentrums ab. «Vicki, es ist so. Ich sitze im Planungsausschuß, und wir haben eine Sitzung in der Bibliothek. Und während ich dahin gehe, wirst du zur Eröffnung von zwei neuen Läden gehen.»

«Wirklich!» Sie konnte nichts dagegen tun, sie quietschte einfach los.

«Faith kommt später und macht Bilder», fuhr Sonia fort. «Du siehst dich um, besorgst dir Informationen. Wir schreiben ein oder zwei Zeilen Text, plus Bildunterschriften.»

Vicki zog Block und Kugelschreiber aus der Tasche. «Wie lang soll der Artikel sein?»

«Hast du nicht zugehört, Vicki? Bilder und Bildunterschriften. Nicht viel. Und wir brauchen etwas Fetziges.»

Bildunterschriften. Alles klar. Das war also ihr großer Auftrag als Reporterin.

Liebe Mommy,
neue Abenteuer von Vicki, der Starreporterin. Ich habe heute Interviews bei der Eröffnung von zwei neuen Läden im Einkaufszentrum gemacht. Meine ersten Interviews! Ich war zuerst im Popcornladen. Die Geschäftsleiterin wollte mich alle ihre Produkte probieren lassen. Kaugummi-Popcorn ... Wassermelonen-Popcorn ... Pizza-Popcorn ... Himmel! Du kennst doch mich und meinen Magen!

Als nächstes kam der neue Musikvideo-Laden. Als ich dem Leiter meinen Ausweis zeigte, starrte er mein Foto an und fragte: ‹Wer ist das? Sag schon, wer ist diese Schönheit denn bloß?›

‹Das bin ich›, sagte ich.

‹Du, Baby! Du siehst aus wie deine ältere Schwester.›

Ich war sehr ernst, Mommy. Ich sagte: ‹Ich komme vom *Scottsville Courier*.› Ich habe nicht einmal gekichert. Nicht, daß er so professionell war. Er trug rote Glitzerhosen und ein grünes Hemd mit roten Streifen. Ich hoffte, er wäre ein angehender Rockstar, der hier Schwarzarbeit machte, denn das wäre eine tolle Story gewesen. Ich dachte auch, daß er irgendwie U 2-mäßig heißen würde. Und stell Dir vor, er heißt John Finnegan.

Ich machte mir Notizen. Ich habe alles aufgeschrieben. ‹Du bist ja wirklich Reporterin›, sagte er. ‹Und schreibst du jetzt eine Wahnsinnsgeschichte über unseren Laden?› Dann behauptete er, ich sähe sogar noch

besser aus als mein Paßfoto. Und er führte mich durch den ganzen Laden – durchs Produktionsstudio, technische Ausrüstung, die Videogeräte. Er holte mir eine Tasse Kaffee und wollte mir seine Telefonnummer geben (keine Angst, ich habe sie nicht genommen). Das hier sind die Bildunterschriften, die ich mir für die Fotos ausgedacht habe, die Faith noch machen wird. Für den Video-Laden: STARAUFTRITT FÜR ALLE! Und für den Popcorn-Laden: SIEBENUNDVIERZIG SORTEN UND KEINE KALORIEN. Sowie die Zeitung mit meinen unsterblichen Worten erscheint, schicke ich Dir ein Exemplar. (Aber noch immer keine Namensnennung, buuhuh!)
Alles Liebe, Vicki.

Sie erzählte ihrer Mutter nicht alles über diesen Schleimi John Finnegan. Er hatte sein Glück bei ihr versucht. Oder war das schon sexuelle Belästigung gewesen? Ehe sie gegangen war, hatte er den Arm um sie gelegt und gesagt: «Und wann sehe ich dich wieder, Vicki?» Und dann hatte er seine Hand über ihre Schulter fallen lassen. Tief. Auf ihre Brust, um wirklich ganz ehrlich zu sein.

«Mich wiedersehen?» fragte sie und machte sich von ihm frei. «Niemals, hoffe ich.»

Sie erzählte ihrer Mutter auch nichts über die Rückfahrt.

Sie hatte den Brief in der Bibliothek geschrieben und auf das Ende von Sonias Sitzung gewartet. Und deshalb hatte die Rückfahrt natürlich noch nicht stattgefunden, aber selbst wenn, dann hätte sie ihrer Mutter nichts erzählt.

Als Sonia aus dem Sitzungsraum kam, sagte sie: «Vicki, das dauert hier noch eine Weile. Fahr du mit dem Auto zurück in die Redaktion. Irgendwer wird mich schon mitnehmen.»

Wortlos nahm Vicki die Autoschlüssel. Was hätte sie auch sagen können? ‹Tut mit leid, Sonia, kein Führerschein, ich bin doch erst vierzehn …›

Auf dem Parkplatz wanderte sie ein paarmal um das Auto herum. Ihre Mutter hatte ihr ein paar Stunden gegeben, meistens auf dem leeren Schulparkplatz, deshalb tappte sie nicht restlos im dunkeln. Und Autofahren war doch sowieso nicht so schwierig. Alle konnten das. Man setzt das Auto in Gang, tritt aufs Gaspedal, und los geht's. Man durfte bloß den anderen Autos nicht zu nahe kommen.

Sie stieg ein und legte voller Zuversicht los. Das Auto machte einen Sprung nach vorn, als ob es seinen eigenen Kopf hätte. «He!» schrie Vicki und stieg so hart auf die Bremse, daß sie mit dem Kopf fast die Windschutzscheibe durchbrochen hätte. Was sie an die Sicherheitsgurte erinnerte.

Das Auto schien zu keuchen. Es hörte sich nicht glücklich an. «Keine Panik», sagte Vicki. «Ich wette mit dir, daß ich genauso gut fahre wie Sonia.» Sie packte das Lenkrad, zog den Fuß von der Bremse und glitt wie ein Vogel zwischen den Autoreihen hindurch. Alles lief traumhaft, bis sie zur Ausfahrt kam und vor sich den Dixon Boulevard sah.

Sie wartete auf eine Lücke. Die Autos kamen immer weiter, ein endloser Strom. Hinter ihr wurde gehupt. *Tüüüüt … tüüüüt …* Sie sah in beide Richtungen, berührte das Gaspedal und glitt vorwärts, aber sie verlor die Nerven, als ein großes schwarzes Auto vorüberjagte.

Tüüüüt ... tüüüüt ... tüüüüt ...

Vicki streckte die Hand aus dem Fenster und gab dem Auto hinter ihr ein Zeichen, an ihr vorbeizufahren.

«Wo hast du denn deinen Führerschein her?» fragte ein Mädchen, das kaum älter war als sie, im Vorüberfahren. «In der Lotterie gewonnen?»

Vicki gab ihr den Finger. Und dann saß sie da, winkte den Autos hinter ihr, vorüberzufahren, und wartete auf weniger Verkehr.

Jetzt? Nein. Jetzt? Nein. Jetzt!

Plötzlich schwamm sie mitten im Verkehrsstrom. Ihre Hände waren glitschig auf dem Lenkrad. Ein Lastwagen steuerte auf sie zu. Irgendwie erreichte sie die nächste Fahrspur.

«Braves Auto, braves Auto», sagte sie zu dem Wagen. «Werd mir jetzt bloß nicht nervös. Einer reicht.»

Sie befand sich in der Mittelspur. Auf beiden Seiten überholten andere Wagen und bedachten sie mit einer lauten Hupenserenade. Bei der Ausfahrt aus der Commerce Street bog ein weißer Streifenwagen ein und blieb hinter ihr, als sie nach Norden abbog. Sie fuhr weiter und starrte dabei die Straße an. Sie wartete auf die Polizeisirene. Zuerst würden sie nach ihrem Führerschein fragen. Dann würden sie das Strafmandat ausschreiben. Oder vielleicht auch nicht. Sie könnten auch beschließen, sie für ein paar Tage in den Knast zu schicken, um ihr eine Lektion zu erteilen.

Ihr ging auf, daß nun noch eine schreckliche Erwachsenenangelegenheit passieren würde, wie sich betrinken ... oder in aller Öffentlichkeit vom Boß zusammengestaucht zu werden ... oder von grünhaarigen Punks betatscht zu werden, die fanden, sie sollte dankbar sein für diese Aufmerksamkeit. Und jetzt würde sie verhaftet werden. Sie würde eine Vorstrafe haben. Sie würden es alles schwarz auf weiß aufschreiben und für immer aufbewahren. Victoria Barfield, vierzehn, verhaftet, weil sie ohne Führerschein gefahren war, weil sie bei ihrer Bewerbung gelogen hatte und wegen verschiedener weiterer Verbrechen, die sie ihr sicher nachweisen würden.

Sie bog auf den Parkplatz des *Courier* ab. Der Streifenwagen fuhr weiter. Sie hielt an, blieb im Auto sitzen und holte tief Atem. «Okay, okay», murmelte sie. «Wir haben es geschafft. Wir sind in Sicherheit.» Sie schlang die Arme um das Steuerrad. «Gutes Auto!»

15

«Mark Yaleman, bitte», sagte Chris und unterdrückte ein Gähnen. Die letzte Nacht war zum Ersticken heiß gewesen, und er hatte nicht gut geschlafen. Und heute morgen erst! Er hatte die ganze Zeit Yaleman gejagt und ansonsten nur den Laufburschen für die Reporter gespielt.

«Hallo?»

«Mr. Yaleman?» Chris schnappte sich einen Bleistift. «Endlich habe ich Sie. Ich arbeite für den *Courier,* und ich brauche Auskünfte über den Jahrmarkt.»

«Hier ist nicht Mr. Yaleman. Können Sie einen Moment warten?»

Warum nicht? Seit zwei Tagen telefonierte und wartete er nun schon ‹einen Moment›. Zehn Minuten später, als Vicki fragen kam, was er zum Mittagessen wollte, wartete er immer noch auf den unerreichbaren Mr. Yaleman.

«Was soll's sein, Chris?» fragte Vicki. Sie knisterte mit dem Stück Pappe, auf dem sie die Bestellungen notierte.

«Thunfisch mit Majo …» fing er an. Irgendwer war am anderen Ende der Leitung. «Hallo, Mr. Yaleman», sagte er rasch. «Hier ist Chris Georgiade vom …» Damit wurde die Verbindung unterbrochen. Chris schlug mit dem Kopf auf seinen Schreibtisch. «Ich muß hier raus. Soll ich das Mittagessen übernehmen?»

«Nein», sagte Vicki.

«Ich komm trotzdem mit», sagte er. Es war gut, aus dem Nachrichtenraum herauszukommen. «Weißt du, was ich den ganzen Morgen über gemacht habe?» klagte er.

«Sag es mir lieber nicht», antwortete Vicki. «Ich habe Clubnachrichten verfaßt.»

«Das örtliche Treffen von ‹Ratten als Schoßtiere› fand im Haus von Mrs. Henry Longtail statt. Es gab ein Käsebuffet.»

«Genau. Verdammt, Chris, alle arbeiten an etwas richtigem, bloß ich nicht. Elizabeth sitzt an der Schule-und-Drogen-Story ...»

«Sie recherchiert nur, Vicki. Sonia wird den Artikel schreiben.»

«Elizabeth wird aber wegen der Recherchen erwähnt werden. Und du kriegst deine Namensnennung bei der Jahrmarktsgeschichte.»

«Falls ich diesen Yaleman je erwische.»

«Faiths Name erscheint fast jeden Tag in der Zeitung.» Vicki ließ nicht locker. «Hast du das Foto gesehen, das sie von der Kleinen gemacht hat, die im Abfluß steckengeblieben war? Das war toll. Mir standen wirklich die Tränen in den Augen.»

«Sie ist begabt.»

«Bin ich auch, Chris. Ich bin sehr begabt.»

«Aber sicher doch.»

«Also warum könnt ihr dann allesamt mehr Erfahrungen sammeln als ich?» Sie stürzte ins Restaurant und leierte für die Kellnerin die Bestellung herunter.

«Ihr seid diese Praktikanten von der Zeitung», sagte die Kellnerin. Das sagte sie immer, wenn sie ins Restaurant kamen.

«Wie lange arbeiten Sie schon hier?» fragte Vicki. «Gefällt Ihnen Ihre Arbeit? Es ist bestimmt interessant, so vielen Leuten zu begegnen.»

Vicki spielte wieder die Reporterin. Sie hatte eine natürliche Begabung für Zeitungsarbeit. Sie hat sie im Gefühl, dachte Chris düster. Er machte seine Arbeit, war kompetent, er war gut, aber er war nie so ganz mit dem Herzen dabei wie Vicki. Und um die ganze

Wahrheit zu sagen, die er niemandem verraten hätte, so ödeten die endlosen Telefongespräche ihn an, er hatte es satt, Leuten zudringliche Fragen zu stellen. Wenn er in diesem Sommer nicht sein eigenes Schreiben zum Trost gehabt hätte, dann wäre er durchgedreht.

Er studierte das Menü an der Wand, dann das Schild darüber. MAXIES SPEZIALITÄT: SELBSTGEMACHTE DESSERTS UND EIS. «Sieh mal, Vicki», sagte er. «Warum schreibst du keinen Artikel über die Spezialitäten der lokalen Restaurants? Für die Rubrik ‹Modernes Leben›. Vielleicht kriegst du dafür von Sonia eine Namensnennung.»

Vicki zuckte mit den Schultern. «Das ist öde, Chris. Das hat's schon zigmal gegeben.»

«Es ist eine gute Idee», widersprach er. «Alle lesen gern über Essen.»

«Willst du damit sagen, daß ich keine Namensnennung kriege, weil ich keine guten Ideen habe?»

«Mit dir hat man's wirklich nicht leicht, weißt du. Ich versuche bloß, dir zu helfen.»

«Wieso glaubst du, ich brauchte Hilfe? Sehe ich hilflos aus? Sehe ich jung aus?»

«Allerdings», antwortete er. «Groß und jung.»

«Ich dachte immer, ich sähe älter aus, weil ich groß bin. Für wie jung würdest du mich denn halten?»

«Wie jung möchtest du denn aussehen?»

«Ich möchte nicht jung aussehen.»

«Okay, du siehst alt aus.»

«Du machst auch über alles deine Witze. Sagst du eigentlich mal, was du wirklich meinst?»

«Dann müßte ich meinen, was ich sage.» Und das hielt er für einen der Witze, in denen sich tiefe Wahrheit verbarg. Aber Vicki wußte das nicht zu schätzen.

«Warum machst du das? Nie bist du ernst. Ich kann nicht mit dir reden.» Sie kehrte ihm den Rücken zu.

«He, Vicki!» sagte Chris einen Moment später. «Nun komm schon.»

«Okay, okay», sagte sie, und dann, schon beim Hinausgehen: «Wolltest du mir wirklich helfen?»

«Aber sicher. Wir sind doch Freunde, oder?»

Sie seufzte und nahm die Tüte mit dem Essen in den anderen Arm.

«Okay, jetzt, wo ich ernst bin: Daß du groß bist, läßt dich älter aussehen.»

«Danke … obwohl ich dir nicht glaube. Macht es dir was aus, daß ich groß bin?»

«Warum sollte mir das was ausmachen? Ich mag große Mädchen. Ich mag dich.»

«Ich mag dich auch», erwiderte sie. «Auch wenn du ab und zu ein Heini bist. Aber im Grunde bist du toll und sexy.»

Sie sagte das einfach so. Sie nannte ihn toll, sie nannte ihn sexy, warf das so hin, als ob das gar nichts wäre. Das baute ihn wirklich auf.

16

«Bitte, kommt mir nicht schon wieder mit der Riesen-Zucchini-Geschichte. Und euer Artikel muß am Dienstag fertig sein», sagte Sonia.

Das Jahrmarktsgelände war heiß, staubig und überfüllt. Wagen. Pferde. Kühe. Schweine. Und ganze Horden von Leuten. Vicki sah zu Chris hinüber. Ob es ihm etwas ausmachte, daß sie zusammen mit ihm die Jahrmarktsgeschichte machen sollte?

«Laß uns unsere Geschichte aufgabeln und machen, daß wir wegkommen», sagte Chris.

Für Vicki hatte er es zu eilig. Sie wollte die richtige Geschichte. Sonia hatte gesagt: «Bitte, kommt mir nicht schon wieder mit der Riesen-Zucchini-Geschichte.» Vicki wußte, was sie meinte. Sie las schon ihr Leben lang Jahrmarktsgeschichten.

Sie ging vor Chris durch die Ställe, wo die Farmkinder in Feldbetten und Schlafsäcken neben Heuballen schliefen.

«Das ist eine Story», sagte Chris.

«Die hat's schon zigmal gegeben, Chris.»

Sie verwarf die Blumenschau und das Pastetenwettbacken. Chris zeigte auf die Hähne. «Nein», sagte Vicki. «Öde Tiere. Keine animaloiden Geschichten. Wir müssen was Besseres bringen.»

«Was machen wir, verbringen wir den ganzen Tag hier?»

«Wenn es sein muß, ja.»

Unterwegs auf dem Gelände überprüften sie einige Gewerbeerlaubnisse. Eine Menschenmenge drängte sich um eine Frau, die Alter und Gewicht der Leute erriet. «Pro Tip einen Dollar», rief sie. Sie trug eine übergroße Schürze mit tiefen Vordertaschen. «Also hereinspaziert, Dollar pro Tip, netter kleiner Tip. Sie glauben, Sie wüßten, was Sie wiegen, aber ich weiß, daß ich es weiß.» Sie verstummte nicht für eine Sekunde in ihrem Singsang. «Hereinspaziert! Dollar pro Tip. Ein kleiner Dollar zeigt Ihnen meine überraschenden Fähigkeiten. Du wiegst hundertfünfundsiebzig», sagte sie zu einem Jungen mit rasiertem Schädel.

Der Junge schüttelte den Kopf.

«Hundertfünfundfünfzig», sagte sie. «Ist doch klar. Dollar beweist das.»

Der Junge gab ihr einen Dollar und stellte sich auf die große Waage. Die Nadel wirbelte herum und kam bei hundertsiebenundfünfzig zum Stehen.

«Ziemlich nah», sang die Frau, «leicht daneben, kann jedem passieren. Nächstesmal mußt du dich ausziehen. Runter von der Waage. Wer jetzt? Wer jetzt?»

«Krieg ich meinen Dollar zurück?» fragte der Junge. «Sie haben nicht richtig geraten.»

Sie blieben stehen und sahen zu, wie die Frau sich dreimal hintereinander vertat. «Die gefällt mir.» Chris lächelte. «Sie tippt nie richtig.»

«Wer jetzt? Dollar pro Tip! Hereinspaziert!»

«Steig auf die Waage und laß dich von ihr wiegen», sagte Chris zu Vicki. «Das könnte doch eine richtig witzige Geschichte werden.»

«Geh doch selber auf die Waage.»

«Bei dir wäre das witziger», sagte er und schob sie vor.

«Hundertvierundzwanzig», sagte die Frau und nahm Vickis Arm. «Und du bist fünfzehn Jahre alt.»

«Falsch.» Vicki riß sich zusammen. «Ich bin sechzehn, fast siebzehn. Und hundertzwanzig.»

«Ein Dollar, Liebes, dann werden wir sehen. Wo ist der Dollar?»

Vicki wollte nicht bezahlen, aber Chris reichte der Frau einen Dollar, und Vicki fühlte sich gezwungen, auf die Waage zu steigen. Die Nadel jagte herum und blieb haarscharf hinter hundertsechsundzwanzig stehen. Vicki starrte sie ungläubig an. Hatte sie in Scottsville schon sechs Pfund zugenommen?

«Stimmt nicht», sagte sie zu der Frau und stolzierte davon.

«Hundertsechsundzwanzig», sagte Chris hinter ihr. Er gluckste. «Hundertsechsundzwanzig, Vicki.»

«Chris! Das war doch total daneben. Du hast deinen Dollar verschwendet.»

«Und fünfzehn Jahre alt», sagte er. «Ein Jahr verloren und sechs Pfund gewonnen. Sie hat wirklich nichts richtig geraten. Ich sag dir doch, es ist eine tolle Geschichte.»

Sie blieben bei einem Würstchenstand stehen, um etwas zu essen. Als erstes fiel Vicki auf, daß zwei Paare von eineiigen Zwillingen die Würstchenbude leiteten. Zwei männliche Zwillinge standen am Herd, ein weibliches Zwillingspaar bediente am Tresen. Und alle vier trugen die gleichen rotweißkarierten Uniformen, ein Muster, das auch die Decken des halben Dutzend Picknicktische aufwiesen.

Vicki begann ein Gespräch mit einer der Frauen und erfuhr, daß es sich um Zwillingsschwestern handelte, die Zwillingsbrüder geheiratet hatten. Sowie sie und Chris sich mit ihren Hot dogs an einen Picknicktisch gesetzt hatten, sagte sie: «Wir haben unsere Geschichte, Chris.»

«Was hat es mit dem Jahrmarkt zu tun, daß sie Zwillinge sind?» fragte er.

«Wohin wolltest du als erstes, als wir hergekommen sind? Zum Würstchenstand. Worüber lesen die Leute gern? Das hast du mir selber gesagt. Übers Essen. Und sie sind immer fasziniert von Zwillingen. Und jetzt haben wir Zwillinge und Essen. Das wird ein richtig guter Artikel.»

«Mir gefällt noch immer die Geschichte der Frau, die nie richtig tippt. Die hat wenigstens Humor. Was ist denn an Zwillingen witzig, abgesehen davon, daß sie ihre Tischdecken tragen? Weißt du, was richtig witzig war, Vicki? Als du auf die Waage gestiegen bist. Und als du dein Gewicht gesehen hast. Und vorher, als sie dich für fünfzehn gehalten hat. Du hättest dein Gesicht sehen sollen!»

«Ich bin nicht fünfzehn», Vicki schob ihre Wurst beiseite. «Diese Frau ist einfach blöd.»

«Wir gehen zurück und machen ein Interview mit ihr, Vicki. Mein Instinkt sagt mir, daß das die richtige Geschichte für uns ist. Ein schlichtes Interview. Warum willst du diese Zwillingskiste machen? Vier Leute, das ist doch absurd. Sonia hat uns keine tiefe Studie aufgetragen, sie möchte einfach nur einen netten kleinen Artikel, den die Leute

am Sonntagmorgen beim Kaffeetrinken lesen können.»

«Chris, diese Frau und ihre blöden Tips interessieren mich nicht, und es gibt keine Geschichte, wenn ich
nicht zustimme.» Sie biß in ihre Wurst und zugleich
auch in ihren Finger. «Au!»

«Gerade jetzt siehst du aus wie sechs», kommentierte Chris, streckte die Hand aus und wischte ihr den
Mund ab.

Oh, wie sie es haßte, ihren Mund abgewischt zu
bekommen! Und gleichzeitig war es wunderbar. Seine
Aufmerksamkeit. Seine Augen, die sie ansahen. Diese
Augen, so dunkel, und das Weiße so weiß – sie waren
wunderschön!

«Wie alt bist du wirklich, Vicki?» fragte er. «Meine
Instinkte machen heute Überstunden. Bist du wirklich fünfzehn und hast allen eingeredet, du wärst älter?
Na los, sag mir die Wahrheit, und wenn ich recht habe,
interviewen wir die Gewichtsdame.»

«Die viele Arbeit muß deine Instinkte ermüdet
haben. Ich bin sechzehn.» Sie versuchte, das würde-
voll zu sagen, aber das Atmen machte ihr Probleme.
«Fast siebzehn. Kommt dir jung vor, weil du schon
fast achtzehn bist? Meinst du deshalb, du könntest so
auf mir herumhacken?» Warum hatte sie das gesagt?
Er prustete los.

«Auf dir herumhacken? Vicki, komm schon, die
Wahrheit. Mach dir keine Sorgen, wir alle erzählen ab
und zu unsere kleinen Notlügen. Oder? Kein Problem. Wie bei deinem Gewicht.»

«Ich habe bei meinem Gewicht nicht gelogen.»

«Ach. Nur bei deinem Alter?»

«Du hackst doch auf mir herum», sagte sie. Ihre Lippen zitterten. «Hast du gar keine Achtung vor mir?»

«Worüber regst du dich so auf? Warum wirst du bei allem so emotionell?»

«Ich bin nicht emotionell. Was soll das heißen? Würdest du das zu Elizabeth sagen? Warum respektierst du alle, bloß mich nicht?»

«Ich respektiere dich, Vicki. Ich halte dich für eine phantastische Reporterin, viel besser als mich. Ich respektiere dich sogar sehr.»

«Blablabla! Und wenn ich nun fünfzehn bin? Ich könnte auch dreizehn oder zwölf oder zwanzig sein. Du würdest den Unterschied nicht bemerken.»

«Zwölf? Du bist zwölf? Alle würden durchdrehen, wenn du zwölf wärst. Ein geniales Baby!»

Das Wort «Baby» war schuld. Er hielt sie im Ernst für zwölf? Sie hätte ihn umbringen können. Sie hatte die Senftube in der Hand, quetschte sie zusammen und zielte damit auf ihn wie mit einer Pistole. Gelber Senf schoß heraus und traf ihn auf dem T-Shirt, genau über seinem Herzen. «Du bist tot», sagte sie.

Chris schnappte sich eine Serviette und wischte den Senf ab. «Benimmt sich so eine reife Starreporterin, Vicki? Jetzt weiß ich, daß du zwölf bist. Die Höchstgrenze für Senfspritzen ist dreizehn. Puuuubertät, du weißt schon.»

Wieder machte er sich über sie lustig. «Willst du mein Alter raten? Na los doch! Ich bin nicht zwölf. Ich bin nicht fünfzehn. Ich bin nicht sechzehn. Ich bin nicht zwanzig.» Sie war atemlos. Außer Atem. Sie wollte ihn ein für allemal zum Schweigen bringen. «Ich bin vierzehn!»

Jetzt hatte sie es gesagt. Es war heraus, und dieses eine Mal hatte Chris keinen schlauen Spruch auf Lager.

«Vierzehn?» wiederholte er.

Sie nickte.

«Himmel. Darauf wäre ich nie gekommen.»

Vicki mußte lächeln. «Vierzehn», sagte sie noch einmal. Ja, es war heraus, und war es so schrecklich, daß er es wußte? Eigentlich war es sogar eine Erleichterung, das mit jemandem zu teilen.

«Vierzehn», sagte er. «Wie hast du das geschafft? Ich meine, wir sollen hier mindestens sechzehn sein, um überhaupt in Frage zu kommen.»

Es war ihr ein bißchen unangenehm, ihm zu erzählen, wie sie ihr Geburtsdatum frisiert hatte. Sie beugte sich über den Tisch zu ihm vor, wollte, daß er sie verstand. «Sie hätten mich doch sonst nicht genommen.»

«Ich kann verstehen, warum du gelogen hast», sagte er.

«So sehe ich das nicht. Ich habe nur eine Zahl verändert.» Sie wollte nicht, daß Chris sie für eine Lügnerin hielt. Lügner waren Menschen, deren Lügen anderen Ärger machten. Sie tat niemandem weh. Ihre kleine Flunkerei hatte sie nur erzählt, um diesen Sommer genau so hart arbeiten zu können wie alle anderen.

«Du bist wirklich was Besonderes, Vicki.» Er sah sie an und nickte. «Clevere Kleine, was?» Das sagte er irgendwie stolz, als ob er sie gerade entdeckt hätte.

Also machte er ihr keine Vorwürfe. Sie fühlte sich erleichtert. Es war gut, daß sie es gesagt hatte.

Ganz plötzlich war sie glücklich. Wenn sie sich einen Menschen ausgesucht hätte, um die Wahrheit zu sagen, dann wäre das Chris gewesen. Chris war einverstanden mit ihrer Idee für die Jahrmarktsgeschichte. Die zwei Zwillingspaare.

Er setzte sich neben sie, und dort saßen sie zusammen und überlegten sich ihre Fragen für das Interview. «Bitte», sagte Chris immer wieder, «laß mich auch über die Tischdecken schreiben.» Sie lungerten fast den ganzen Nachmittag um die Würstchenbude herum, redeten mit den beiden Paaren und machten Notizen.

Aber später, auf dem Heimweg, erkannte Vicki die Wahrheit des Sprichwortes. Was aufsteigt, muß auch wieder fallen. Chris fuhr, sagte nicht viel und zeigte sehr viel Profil. Sein Gesichtsausdruck beunruhigte sie. Seit sie ihm ihr Alter gesagt hatte, hatten sie eine ungewöhnliche Harmonie erlebt, waren sich wirklich nah gewesen. Aber jetzt wirkte er so zurückhaltend. Dachte er über den Artikel nach?

Das glaubte sie nicht.

Er dachte an ihr Alter.

Stellt euch mal vor, was ich über Vicki herausgefunden habe! Wem würde er das zuerst erzählen? Vickis Magen schlingerte kurz. Er würde es Elizabeth sagen, sie wußte es. Und wenn Elizabeth redete? Elizabeth redete immer. Also würde Faith es erfahren. Und dann Faiths Boß, Bernie Van Pelt. Und dann die ganze Nachrichtenredaktion.

Sonia würde es erfahren.

Sonia würde erfahren, daß Vicki gelogen hatte. Bei diesem Gedanken wurde Vicki schwindlig. Sonia würde sagen: «Also, Vicki ...» und sie auf diese gleichmäßige, abschätzige Weise ansehen. «Ich bin enttäuscht.»

Und dann würde Sonia sie nach Hause schicken.

«Du verrätst es doch niemandem?» fragte sie Chris.

«Was?» erwiderte er. «Oh, das. Nein.»

Vicki arbeitete am Hintergrund des Jahrmarktsartikels, aber sie konzentrierte sich nicht sehr gut. Ob Chris wirklich begriffen hatte, wie wichtig es war, daß er niemandem erzählte, wie alt sie war? Sie wollte ihm vertrauen, aber es konnte ihm so leicht herausrutschen, ohne daß er das wirklich wollte. Sie mußte ihn wirklich noch einmal mahnen. Sie ging zu seinem Zimmer hinauf. «Chris!» Sie klopfte an, dann schaute sie hinein. Leer.

Sie sah nach unten. Elizabeth und Faith waren weggegangen, sie hatten ins Kino gewollt, aber wo steckte Chris? Der sollte eigentlich auch am Artikel arbeiten. Sie ging wieder in sein Zimmer, um auf ihn zu warten. Sie setzte sich aufs Bett, dann sprang sie auf und lief umher, dann setzte sie sich wieder. Wo er wohl steckte?

Sie wollte sich sein Notizbuch gar nicht ansehen. Es war einfach da, lag auf dem Bett. Und noch offen dazu. Erst sah sie es nicht an, sie rückte es nur gerade. Sein kostbares Notizbuch! Immer schrieb er darin. Er bedeckte es mit seinen Armen, wenn jemand in Atemnähe kam. Schrieb er dort hinein seine Gedichte, wie das eine, das er Elizabeth gegeben hatte? Sie hatte es allen gezeigt, und Chris war ausgerastet. «Das ist privat», hatte er immer wieder gesagt. Geschah ihm recht. Elizabeth war nicht die Richtige für ihn. Wer aber war das?

«Ich», sagte Vicki.

Wenn er für sie ein Gedicht schriebe, würde sie es niemandem zeigen. Sie sah wieder das Notizbuch an. Was für eine scheußliche Schrift. Erstaunlich, daß sie überhaupt lesen konnte, was er geschrieben hatte. Wirklich, es war der reine Zufall, daß sie ein paar Worte las. *Alle kennen Crash. Er trägt Schwarz. Männer bewundern ihn. Frauen kämpfen um ihn.*

Vicki hob mit den Fingerspitzen eine Seite hoch und ließ sie dann wieder fallen. Sie las ein wenig weiter. *Eine Wand von wohlriechendem weiblichen Fleisch hält mich gefangen.*

Scharf. Sie blätterte weiter.

Sie las noch immer, als Chris hereinkam.

Eine Sekunde lang starrte er sie nur an, dann stieß er einen Schrei aus. «Was machst du da?»

Sie stieß das Notizbuch beiseite. «Nichts! Ich sitze bloß hier und warte auf dich. Ich muß mit dir reden.»

«Du liest in meinem Notizbuch.»

«Was? Tu ich nicht.»

«Lügst du eigentlich immer?»

Genausogut hätte er sie in den Magen boxen können. Sie wollte ihm auch weh tun. Sie schnappte sich das Notizbuch.

«Her damit!» sagte er.

«Du hast mich als Lügnerin bezeichnet. Nimm das zurück!»

«Vicki, ich verlier gleich die Kontrolle über mich!»

«Ach, Crash, tu das doch meinem wohlriechenden Fleisch nicht an.»

Er holte nach ihr aus.

Sie wich aus, rannte aus dem Zimmer und die Treppe hinunter. Er war schnell, aber nicht schnell genug. Jetzt stand sie in ihrem Zimmer, schloß die Tür ab und lehnte sich daneben.

17

«Vicki, mach auf!» Chris rüttelte an der Türklinke. Er war sicher, daß er sie kichern hörte. Las sie jetzt in seinem Notizbuch? Bestimmt, das wußte er. Sie war eine Terroristin. Sie hatte sich auf ihn gestürzt und ihn getroffen, als er das am wenigsten erwartet hatte. An seiner empfindlichsten Stelle.

«Hast du das alles selber erfunden?» fragte sie durch die Tür.

Sie las es! Nicht nur seine privaten Gedanken, sondern alle diese unbeholfenen, schrecklichen Schreibversuche.

«Ich bin beeindruckt, Chris. Das gefällt mir.»

«Welcher Teil?» Er konnte nicht dagegen an und mußte fragen.

«Die Sache mit Crash und Lisa und Vivi. Vivi bin ich, ja? Sie ist irgendwie süß.»

«Natürlich ist sie das, Vicki.» Er kam sich vor wie

eine Geisel, die versucht, ihren Bewacher zu becircen. «Vicki, komm schon. Süße, laß mich rein.»

«Dich reinlassen? In mein Zimmer? Was würde Mrs. Roos sagen, Christopher? Ich bin geschockt.»

Er würde sie erwürgen. Bestimmt würde er freigesprochen werden. *Notwehr, Euer Ehren.* «Vicki, ich dachte, wir wären Freunde.»

«Sind wir auch, Chris.»

«Weißt du, daß ich mir fast den Hals gebrochen hätte, als ich hinter dir her die Treppe runtergewetzt bin?»

«Tut mir leid. Ist alles in Ordnung?»

«Nein, ist es nicht. Vicki. Ich fühle mich verletzt, verletzlich. Machst du bitte die Tür auf? Und gibst du mir mein Notizbuch?»

«Aha.»

Er konnte hören, wie sie weiterblätterte. Was sie jetzt wohl las? All den Kram, den er über Elizabeth geschrieben hatte?

«Hast du irgendwas aus anderen Büchern abgeschrieben, Chris?»

«Plagiate sind ein interessantes Thema, Vicki. Laß mich rein, dann diskutieren wir darüber.»

«Moment, Moment. Ich will nur schnell die Seite zu Ende lesen.»

«Lies kein Wort mehr!» Er drehte durch. Er versetzte der Tür einen Tritt, vergaß, daß er barfuß war und hätte sich fast die Zehen gebrochen. «Mach die Tür auf!» heulte er. «Wenn du nicht die Tür aufmachst und mir das Notizbuch gibst, sage ich allen, wie alt du bist!»

Sie öffnete die Tür, und er stürzte ins Zimmer und packte ihren Arm. Sie ließ sein Notizbuch fallen.

Sie setzte sich aufs Bett und hielt sich das Handgelenk. «Du hast mir weh getan.»

«Verteidigung meines Privateigentums.» Er wiegte das Notizbuch an seiner Brust. «Tut mir leid.»

Sie rieb sich das Handgelenk. «So grob hättest du aber nicht zu sein brauchen. Ich bin richtig wütend auf dich.»

«Dann sind wir ja einigermaßen quitt, Vicki.»

«Ist es dir ganz egal, daß du mir weh getan hast?»

«So ziemlich. Vielleicht werde ich später einen Hauch des Bedauerns verspüren. Habe ich dir wirklich weh getan?» Er setzte sich neben sie. «Laß mal sehen.» Er nahm ihr Handgelenk und streichelte es.

Einen Moment lang schwieg sie. Sie beugte sich zu ihm hin. «Versprichst du mir, niemandem zu sagen, wie alt ich bin, Chris?»

«Versprochen. Und du sagst niemandem etwas von meinem Notizbuch.»

«Tu ich nicht», sagte sie. «Ehrenwort. Und du versprichst wirklich das mit meinem Alter? Das ist sehr wichtig.»

«Das verspreche ich.»

«Gut. Danke. Dann ist alles in Ordnung, und du kannst mich küssen.» Sie wandte sich ihm zu, ihr Mund war ganz weich. «Ein richtiger Kuß», sagte sie.

Darauf war er nicht vorbereitet. Im einen Moment rauften sie sich, im nächsten … Aber so war Vicki. Bei der wußte er nie, was er zu erwarten hatte. «Wie kommst du denn auf die Idee?» fragte er.

«Was ist los, willst du mich nicht küssen? Liegt das an meinem Alter?»

«Reite nicht ewig auf deinem Alter herum, Vicki. Ich kann dich doch küssen. Kein Problem.»

«Ach, ist das nett von dir», sagte sie.

Genau. Der großherzige, heißlippige Georgiade. Seit wann verschmähte er Küsse? Was sollte das denn, wollte er sich für Elizabeth rein erhalten? «Es ist nicht der Kuß an sich», sagte er. *An sich.* Er hörte sich ja an wie ein Jurist.

Vicki sah ihn aus großen sanften Kaninchenaugen an. Nicht, daß er nie auf diese Weise an sie dächte … Warum küßte er sie nicht einfach? Ein Kuß kam ihm plötzlich wie eine hervorragende Idee vor. Er beugte sich zu ihr hin, seine Lippen waren bereit. Sehr bereit sogar.

Ihre Lippen trafen aufeinander. Oh, es war wirklich eine gute Idee. Er legte den Arm um sie. Warum war er nicht schon früher darauf gekommen?

Plötzlich schüttelte sie seinen Arm ab und versetzte ihm einen Stoß. «Faß mich nicht an!»

Jetzt sah sie nicht mehr wie ein Kaninchen aus, oder falls doch, dann wie ein Säbelzahnkaninchen. «Was habe ich denn falsch gemacht?» protestierte er. «Was soll das denn? Du wolltest einen Kuß, und ich habe dich geküßt.»

«Was das soll? Das kriegst du für deinen Kein-Problem-Kuß. Meinst du, ich bin so verzweifelt, daß ich um Chrisse betteln muß!» Sie schrie. «Um Küsse, meine ich!»

«Vicki, warum regst du dich so …»

«Ich rege mich überhaupt nicht auf. Ich will kein Wort von dir hören. Raus aus meinem Zimmer! Raus!»

Später ging in seinem Gehirn die große Leuchte des Verständnisses auf. Er hatte diese ganzen Wochen gebraucht, um zu begreifen, daß Vicki etwas von ihm wollte: dasselbe, was er von Elizabeth wollte.

18

Vicki machte allein einen Spaziergang. Sie ging durch die Summit Street, die sich den Hügel hinunterzog, dann in die Oak, eine ruhige Straße mit dunklen Bäumen und kleinen Häusern. Eine Weile ging sie mit geschlossenen Augen weiter und lauschte auf die Geräusche der Nacht – das Klirren und Klappern von Schlüsseln, Fernsehstimmen und das gummihafte *Tsssk-tsssk-tssk* der vorüberfahrenden Autos. Jedesmal, wenn sie an einem Jungen vorbeikam, blickte sie auf und dachte an Chris. Und an seinen Kuß. Sie hatte ihn darum angebettelt, und er hatte sich dazu herabgelassen, seine heiligen Lippen die ihren berühren zu lassen. Allein schon der Gedanke daran war einfach zu demütigend. Dieser Kuß! Dieser schreckliche, wunderbare Kuß! Sie hatte sich in ihrem Leben noch nie so zwiespältig gefühlt. Es hatte jeden Rest ihrer Willenskraft erfordert, ihn zurückzustoßen.

Und danach war er weggeblieben. Seither hatte er kaum mit ihr gesprochen. Wenn sie seinen Blick erhaschte, wandte er ihn sofort ab. Wenn sie in seine Nähe kam, rannte er weg, als ob sie Gift wäre. Wovor fürchtete er sich? Daß sie ihn noch einmal bitten könnte, ihr seine kostbaren Lippen zu leihen?

Als sie zum Haus zurückkam, hing in der Luft Tabaksgeruch. Faith war hinten im Hof und rauchte eine. «Hallo», sagte Vicki und setzte sich auf einen Betonblock. «Ich muß mit irgendwem reden.»

Faith nickte. Ihre Zigarette leuchtete in der Dunkelheit auf.

Faith war so unverbindlich, man konnte nie wissen, ob man ihr Interesse erweckt hatte oder nicht. Plötzlich sehnte sich Vicki nach ihrer Mutter. Ihre Mutter konnte zuhören und raten. Aber wie hätte sie ihrer Mutter von Chris erzählen können? Zum erstenmal in ihrem Leben gab es Dinge, über die Vicki nicht mit ihrer Mutter sprechen wollte. Daß sie sich manchmal überfordert fühlte, daß es hart war, allein zu sein und immer daran denken zu müssen, daß sie älter auftreten mußte. Und dann war da ja noch Chris.

«Was hältst du von Elizabeth und Chris?» fragte sie Faith.

«Die mag ich.»

«Ich meine, Elizabeth und Chris, Faith. Als Paar. Zusammen.»

«Ich halte sie nicht für ein Paar, Vicki.»

«Chris möchte das aber.» Es war schrecklich, das sagen zu müssen. Sie schlug sich auf die Arme. Überall waren Moskitos. Sie wischte sie aus ihrem Gesicht. Wie konnte Faith so ruhig dasitzen? «Stören die Moskitos dich nicht, Faith?»

«Die sind mir egal. Ich möchte sie lieber nicht umbringen.»

«Ich weiß ja nicht, wie sich das verhindern läßt.»

«Das ist wie Stimmen. Wenn dich jemand anschreit, dann tu einfach so, als ob niemand da wäre. Nach einer Weile hörst du auch nichts mehr.»

Ob sie sich Chris gegenüber so verhalten könnte? Einfach so tun, als ob er nicht da wäre? Sie hielt das nicht für möglich. «Faith – warst du noch nie verliebt?»

«Ich weiß nicht. Wieso?»

«Wieso verliebt? Weil du nicht dagegen ankannst!»

«So habe ich das nicht gemeint, Vicki.»

Vicki seufzte. «Ich weiß. Und ich weiß, ich sollte die Finger von Chris lassen. Das meinst du doch, oder? Warum sich Mühe geben? Ich weiß, daß das ein guter Rat ist. Ich werde es machen. Ich werde ihm aus dem Weg gehen. Ich werde nicht mehr an ihn denken. Und wenn ich von ihm träume, dann werde ich mich selber wecken.»

«Vielleicht ist jetzt nicht deine Zeit für Chris», meinte Faith. «Wir denken immer, alles geschehe zu einer bestimmten Zeit. Aber die Dinge passieren dir, wenn sie dir passieren ... alles ... Es spielt keine Rolle, wie alt du bist oder wie jung du bist. Die Dinge passieren. Und du mußt damit leben.»

«Ja», Vicki stimmte zu. «Alle denken immer, wenn du ein bestimmtes Alter hast, dann kannst du dies tun, jenes aber nicht. Alle wollen dich immer in einen Alterskasten einsortieren.»

«Oder in einen Familienkasten», sagte Faith. «Alle meinen, du wärst deine Familie. Und je überzeugter

121

sie davon sind, um so schwieriger ist es, davon wegzukommen. Deine Familie ist dein Schicksal.»

Die Vorstellung von einem Familienkasten kam Vicki witzig vor. Ihre Familie in einem Kasten, nebeneinander, wie eine Reihe von Puppen? Ihre Mutter würde neben Vicki sitzen und die Kleinen um sie herum.

Sie lehnte sich zurück, blickte durch die Bäume nach oben, versuchte Leuchtkäfer und Sterne zu unterscheiden. Es ging ihr besser. Wahrscheinlich, weil sie wegen Chris zu einer Entscheidung gekommen war.

Gut. Sie würde nicht mehr von Chris träumen. Nie mehr. Das war erledigt. Wenn dieses Gefühl sie überkam, wollte sie Faiths Rat befolgen: Einfach so tun, als ob das Gefühl nicht da wäre, und einen Spaziergang machen.

Vicki wäre um ein Haar am Samstag nicht mit den anderen zum Redaktionspicknick an den See gegangen. Sonia hatte ihr einen Artikel über das Sommerpraktikum aufgetragen, und sie wollte zu Hause bleiben und daran arbeiten. Und warum hätte sie auch gehen sollen und in Chris' Nähe sein? Aber alle gingen, und deshalb ging sie am Ende dann auch.

Im Auto saß sie vorn neben Faith. *Sie* saßen hinten. Gemütlich. Chris sagte kein Wort zu ihr. Als sie am See aus der Umkleidekabine kam, sah sie als erstes die beiden auf dem Volleyballfeld.

«Vicki, mitspielen!» rief Elizabeth. Chris würdigte sie keines Blickes.

Vicki lief geradewegs zum Sprungbrett und der kühlen Privatsphäre des Wassers. Sie traf auf die Wasseroberfläche auf und versank in einem Gewirbel von Blasen und Schaum. Sie schwamm eine Weile hin und her, und als sie das Wasser verließ, war sie in besserer Laune. Sie setzte sich aufs Gras und sah dem Volleyballspiel zu.

Sonia, Faith, Bernie Van Pelt – Faiths Boß mit dem großen Schnurrbart – und der stämmige Paul Dees waren auf einer Seite. Auf der anderen Elizabeth, Chris, Sonias Mann und Mr. Martin. Es war erstaunlich, wie Mr. Martin auf dem Spielfeld herumwirbelte. Seine karierte Badehose gab den Blick frei auf seine lange weiße Brust und dünne, knochige Beine. Neben Chris sah er richtig mager aus, der Arme.

Mr. Martin winkte Vicki zu. «Komm, wir brauchen dich.» Er bedachte sie mit seinem warmen Lächeln.

Aber da sonst niemand sie aufforderte, blieb sie sitzen und applaudierte jedesmal, wenn Mr. Martin den Ball erwischte. Sie konnte kaum den Anblick von Chris ertragen, der immer wieder Elizabeth den Ball zuspielte und dabei Dinge rief wie: «Hol ihn, Baby! … Spieß ihn auf, Lizzie!»

Vicki ging weg, rubbelte sich wütend den Kopf trocken, dann tauchte sie wieder ins Wasser. Sie ließ sich zu Boden sinken. Oh, Scheibenkleister. Hatte sie sich nicht versprochen, sich Chris aus dem Kopf zu schlagen? War das wirklich so eine gewaltige Leistung? Statt dessen lag sie hier wie ein Frosch unten im Tümpel und dachte nur an ihn. Wenn sie nur einen Zauberstab gehabt hätte, sie wußte genau, was sie damit machen würde. Ihn über Chris schwenken. Sie würde sein Aussehen und sein nettes Benehmen behalten und eine große Dosis von Mr. Martins lieber Art dazugeben und vielleicht ein echtes menschliches Wesen erhalten.

19

Chris lag in Unterwäsche auf dem Bett und phantasierte über seinen Roman, als an seine Mansardentür geklopft wurde, und noch ehe er etwas sagen konnte, stand Elizabeth vor ihm.

«Und was machst du so?» fragte sie. «Lust, ein bißchen zu quatschen? Ich kann nicht schlafen.»

Er sprang auf und zog seine Jeans an. War ihr seine Privatsphäre denn egal? Aber warum pingelig sein? Sie war hier, sie brach die Hausregeln. Vielleicht würden sie noch ein paar andere brechen?

Sie trug einen roten Samtbademantel mit einem Gürtel um die Taille und ging barfuß. Sie setzte sich auf sein Bett und hob sein Notizbuch hoch. «Neue Gedichte?»

Er nahm das Notizbuch und schob es unter die Matratze. «Der Roman», sagte er. «Ich entwickle gerade die Handlung.» Das war fast so gut wie zu sagen: der Roman.

Er würde Crash, Lisa und Vivi mit einem Kanu zu einer Insel mit einem Strand schicken. Es würde eine scharfe Szene werden. Der gute alte seichte Crash dachte immer nur an das eine. Machte das den Autor ebenfalls seicht oder realistisch? Wieviel Crash war Chris? Wieviel Chris war Crash? Es war ein Roman, es war Wunscherfüllung, es war Wir-tun-so, es war mach's besser.

Er versuchte, eine Geschichte zu erzählen, aber es war die Hölle, sie in Gang zu halten. Vivi zum Beispiel. Seit dem mißlungenen Kuß in Vickis Zimmer war etwas Witziges passiert. In seiner Geschichte konzentrierte er sich jetzt sehr viel mehr auf Vivi. Und er hatte angefangen, auf Vivi – nein, auf Vicki – genauso zu reagieren wie auf Elizabeth. Er war den ganzen Sommer auf Elizabeth fixiert gewesen, aber jetzt brachten ihn beide in Schwung.

«Ich bewundere, wie du dabei bleibst, Chris», sagte Elizabeth. «Du schaffst es wirklich. Ich wollte diesen Sommer auch zusätzlich schreiben, aber ich finde einfach nicht die Zeit. Ich verstehe nicht, wie du das schaffst.»

Er bedachte sie mit einem bescheidenen Lächeln. Schrieb er *den* Roman? Oder irgendeinen Roman? Alles, was er in diesem Sommer produziert hatte, waren Bruchstücke, kaum geformte Szenen und endlose Dialoge, die nirgendwohin führten.

Er hatte wirklich keine Idee, wohin er mit seinem Roman wollte. Er hatte die Kanuszene, und er wollte eine weitere Szene erarbeiten, die auf den Volleyballpartien basierte, die sie in der Mittagspause auf dem Redaktionsparkplatz veranstalteten. Dabei spielten die Praktikanten und ihre Verbündeten gegen die, die schon ewig dabei waren. Die Chefs gegen das Fußvolk.

Die Chefs – Sonia, Paul Dees usw. – rissen sich immer den Ball unter den Nagel und erteilten Befehle. Und das Fußvolk verhielt sich auch passend: quengelig, unsicher, manchmal zu aggressiv, manchmal zu bescheiden. Elizabeth analysierte ihre Spiele. Vicki stürzte sich immer auf den Ball, selbst wenn der nicht in ihre Ecke flog. Faith war unendlich hilfsbereit.

Und er? Er war damit beschäftigt, alles zum Roman umzuformen. *Auf dem Spielfeld erhob Crash sich über das Netz wie ein bronzefarbener Gott, dann jagte er über das Gelände, um das zurückzuerobern, was wie sichere Punkte für die Gegenseite ausgesehen hatte. Er war so hinreißend, daß die Frauen ihren Blick nicht vom Spiel seiner Rückenmuskeln abwenden konnten ...*

«Was denkst du über Ira?» fragte Elizabeth nun.

«Ich denke überhaupt nicht an ihn, Elizabeth, ich kenne ihn doch gar nicht.»

«Du hast oft genug gehört, wie ich über ihn gesprochen habe, du mußt dir doch irgendeine Meinung gebildet haben.»

«Meine Meinung, Elizabeth? Ich mag ihn nicht.» Er äffte Iras tiefe, empörte Stimme nach. «Wo ist Elizabeth? Mit wem rede ich überhaupt? Bist du verrückt?»

«Alle, die Ira kennen, mögen ihn», sagte sie mißmutig. «Du würdest ihn wahrscheinlich auch mögen.» Sie zog ein Halstuch aus der Tasche. «Sieh dir das an. Ich habe es hinten in einer Schublade gefunden. Ich hatte ganz vergessen, daß ich es hatte. Es gehört ihm. Warum habe ich es mitgenommen?»

«Ist doch egal. Wirf es weg. Wenn du mit ihm fertig bist, dann bist du auch mit seinem Halstuch fertig.»

Sie seufzte. «Ich habe ihm das nie so gesagt, Chris. Ist dir das klar?»

«Ja, das ist allen klar.»

«Ich weiß, ich weiß. Ich habe neulich abends mit ihm telefoniert. Ich habe versucht, es ihm zu sagen, echt ... aber dann habe ich es doch nicht getan. Ich habe Angst, ich könnte seine Gefühle verletzen. Aber ich glaube, der wahre Grund ist, daß ich Angst vor dem Alleinsein habe. Du weißt schon, die Was-soll-ich-ohne-Freund-anfangen-Schiene. Sieh dir doch bloß an, wie ich mich an das Halstuch klammere.»

«Elizabeth, dieser Fetzen ist nicht Ira. Wir wollen uns hier doch nicht dem Symbolismus ergeben.»

Chris streckte sich so irgendwie. Wenn sie ihr Bein nur ganz wenig bewegte, und wenn er sein Bein dann ganz wenig bewegte, dann würden sich ihre Zehen berühren, und das wäre viel interessanter, als den alten Ira Bluestone wiederzukäuen.

Sie nahm eine Yogastellung ein, ihre Beine gekreuzt, ihre Hände gelassen in ihrem Schoß gefaltet. «Also, was denkst du?»

«Ich denke, daß du schrecklich gern über Ira redest.»

«Nein, das stimmt nicht. Unentschlossenheit tut weh.»

«Dann mach es. Sag's ihm! Mach's, mach's, mach's! Manchmal mußt du aufhören zu reden und anfangen zu handeln. Hör mal, Elizabeth, als ich zu Beginn des Sommers hergekommen bin, mußte ich auch etwas Hartes tun.»

«Du hast mit einem Mädchen Schluß gemacht? Das hast du mir nie gesagt.»

«Kein Mädchen – es war mein Vater!»

«Ach, das.»

«Keine Rede von ‹ach, das›. Wenn du meinen Vater kennen würdest, alter griechischer Patriarch, dann hättest du mehr Respekt davor, was ich getan habe.»

«Hab ich doch!» sagte sie. «Schieß los. Ich höre.»

«Ich dachte, ich würde nicht herkommen können. Ich habe darauf gewartet, daß mein Vater okay sagt, daß er sich die Sache nochmal überlegt. Ich wollte, daß er mich gehen ließ.»

«Ja, da ist eine Parallele», sagte sie. «Ich nehme an, ich wünsche mir, Ira würde mich gehen lassen, mich freigeben, damit ich die Drecksarbeit nicht machen muß ... Also, was hast du gemacht?»

«Ich habe es einfach gemacht. Ich habe gesagt, ich fahre, und du kannst mich nicht daran hindern. Ich wußte, daß es ihm weh tun würde, aber darauf konnte ich keine Rücksicht nehmen.»

Sie zerzauste ihm die Haare. «Gut gemacht, Chris! Du hast Charakter. Ich mag dich wirklich. Ich hätte dich noch viel mehr mögen können ... aber ich habe es nicht zugelassen. Ich mußte erleben, daß ich wenigstens einen Sommer ohne Freund auskommen könnte, ohne Bindungen. Wenn Ira das nächstemal anruft, dann werde ich es ihm sagen. Ich weiß, daß ich das schon öfter behauptet habe, aber diesmal meine ich es.» Sie nahm seine Hände. «Es ist toll, einen Freund wie dich zu haben. Es ist viel schöner, daß unsere Freundschaft so ist und nicht vom Sex kompliziert gemacht wird.»

Er sagte kein Wort, sondern sah sie nur an.

«Nimm mich mal in den Arm», sagte sie. «Magst du? Ich glaube, das brauch ich jetzt.»

Und auf diese Weise bekam er, was er sich gewünscht hatte, nur eben etwas anders. Es war eine Umarmung. Eine ausgiebige Umarmung. Aber als sie gegangen war, schrieb er in sein Notizbuch: *Elizabeth war heute Nacht hier, auf meinem Bett, in einem roten Bademantel. Nichts ist so, wie es sich gehört. Nichts ist so, wie ich es mir wünsche.*

Und noch später in dieser Nacht schrieb er: *Aus der Nähe betrachtet, tut das Leben weh. Vielleicht bedeutet Schriftsteller sein, dem Schmerz auszuweichen, kurz die Augen zu verdrehen und dann darüber eine Geschichte zu schreiben.*

20

‹Wie ich den Sommer verbracht habe ...› Himmel! Hörte sich an wie in der Schule.

Alles klar. Neuer Anfang.

‹Ich möchte über einen Tag im Leben einer Zeitungspraktikantin erzählen.›

Das war langweilig. Neuer Anfang.

‹Ich will über vier junge Leute und ihre Träume vom Ruhm erzählen.›

Nach dem zehnten Fehlstart im Artikel, den Sonia ihr aufgetragen hatte, flossen endlich die Wörter aus Vickis Kugelschreiberspitze.

‹Wißt ihr noch, letzten Sommer, als ihr den ganzen Morgen im Bett geblieben und gegen Mittag zum Schwimmbecken aufgebrochen seid und dort wie ein Stück Gemüse herumgelegen habt? Wenn ihr Durst hattet, standen kalte Drinks vor euren Fingerspitzen, und wenn euch heiß war, habt ihr euch einfach ins Becken fallen lassen. Oh, diese faulen Sommertage. Macht nichts, daß sie nie stattgefunden haben. Ist es nicht wundervoll, sie sich vorzustellen?

Ich persönlich kann mich an keinen solchen Sommer erinnern. Zum einen mußte ich mich immer um meine Geschwister kümmern, wenn meine Mutter zur Arbeit war. Morgens bohrten sich klebrige Fingerchen in meine Augen und stemmten meinen Mund auf. Angehende Ärzte und Zahnärzte untersuchten mich. Dann heulten die kleinen Mediziner mir ins Ohr, bis ich aufstand und sie fütterte. Wenn es dann einigermaßen ruhig war, kam die Liste an die Reihe, die meine Mutter an die Kühlschranktür geklebt hatte. *Badezimmer saubermachen, Wäsche waschen, vergiß nicht, zum Abendessen Makkaroni zu kochen.*

Ihr könnt euch also mein Interesse vorstellen, als ich am Schwarzen Brett in der Schule den Aushang las: *Möchtest du diesen Sommer ein Zeitungspraktikum machen?*

Sie hielt inne. Zu lang und nicht konkret genug, das würde Sonia sagen. Sie nahm sich ein neues Blatt und machte noch einen Anfang.

‹Jeden Morgen früh weckt mich der Wecker. Ganz egal, wann ich letzte Nacht schlafen gegangen bin, ich erwache immer mit dem Gefühl, gerade erst die Glubscher zugemacht zu haben. In weiser Voraussicht (ha!) hatte ich mir nämlich eine Praktikumsstelle bei einer Zeitung gesucht, die schon mittags Redaktionsschluß hat. Was bedeutet, daß die Arbeit in aller Herrgottsfrühe beginnt. Oder jedenfalls um 6.30 Uhr. Die Lampen brennen, die Leute sitzen an ihren Schreibtischen und die Maschinen summen schon, wenn ich zur Arbeit erscheine. Da liegen dann schon Zettel für mich und teilen mir mit, wen ich alles anzurufen habe. Und ich muß einen Artikel über das städtische Schwimmbad für die Sommerseiten fertigmachen. Ich habe gestern den ganzen Nachmittag dort verbracht und Interviews gemacht. Ich wette, das ist der einzige Job auf der Welt, der im Badeanzug verrichtet werden kann.›

Diesmal unterbrach sie sich nicht und schrieb, bis sie fertig und mit dem Entwurf zufrieden war. Ihre Beine waren taub, und sie brauchte ein Glas Wasser. Sie öffnete ihre Schlafzimmertür und ging in die Diele. Es war nach Mitternacht, das Haus war still, und alle schliefen.

Falsch. Nicht alle.

Hier war Elizabeth, die die Treppe von Chris' Mansardenzimmer herunterkam, barfuß, nur mit einem winzigen roten Bademantel bekleidet, und sie kam mäuschenstill durch die Diele.

21

Vicki öffnete einen Aktenschrank und blätterte durch die Rs, auf der Suche nach Robard, Clarice M. Diese uralte Dame von 101 Jahren war letzte Nacht im Hillsdale Seniorenheim im Schlaf gestorben. Vicki setzte sich mit dem Ordner hin. Sie hätte am liebsten ihren Kopf auf den Tisch gelegt, um zu schlafen. Schlaf war so tröstlich.

Seit kurzem fühlte sie eine Leere in sich, eine Traurigkeit. Ein Gefühl der Melancholie. Sie war sonst immer morgens aufgestanden und hätte krähen können. Sie liebte das Gefühl, daß der ganze Tag auf sie wartete, sie rief. Sie hatte immer geglaubt, daß für sie alles wunderbar laufen würde. Aber etwas war passiert. Etwas fehlte. Nicht gerade ihre Zuversicht. Nicht ganz ihr Enthusiasmus. Doch, es war Enthusiasmus … und ihr Glaube an sich selber, an ihren Glücksstern. Die Würde war weg. Sie war die ganze Zeit müde.

Sie hatte das Gefühl, ein Faden habe sich gelockert und sie werde aufgeriffelt. Alles, was sie offenbar tun konnte, war warten. Aber worauf? Auf nichts. Das war das Schreckliche.

Die Arbeit war das Beste an ihrem Tag. Arbeit und Schlafen.

Lustlos durchblätterte Vicki den Ordner. Sie würde nichts Interessantes über Clarice Robard finden. Das Grundwissen hatte sie. Keine Erben. Seit zehn Jahren im Hillsdale Seniorenheim. Von allen gemocht. Spitzname Cici. Letztes Jahr ein Fest an ihrem hundertsten Geburtstag, zu dem sie ein Telegramm des Präsidenten der Vereinigten Staaten erhalten hatte.

Was gab es sonst noch über eine alte Dame zu erfahren? Daß sie an Hämorrhoiden operiert worden war, daß sie ein Hörgerät und falsche Zähne hatte und daß sie länger gelebt hatte, als irgendwer erwartete. Aber Paul Dees hatte (wieder) gesagt: «Du mußt immer im Archiv nachsehen, Vicki. In diesem Fall zum Beispiel war Clarice Robard bekannt. Sie hat sehr lange in dieser Gemeinde gelebt. Wir müßten sehr viele Informationen über sie haben.»

Die halbe Stunde, die Vicki an diesem Morgen im Archiv verbrachte, sorgte für allerlei Überraschungen. Erstens: Robard, Clarice M., war eine Pionierin des Medizinstudiums gewesen, damals, als sie noch Clarice Masters hieß. «Sie haben damals Frauen sehr schlecht behandelt», wurde sie zitiert. «Die Professoren kamen in den Hörsaal und sagten ganz betont: ‹Guten Morgen, meine Herren› und sahen dabei glatt durch mich und die andere Frau im Kurs hindurch.»

Zweitens: Vor zehn Jahren, als sie als junges Ding von einundneunzig Jahren ins Hillsdale Seniorenheim gezogen war, hatte Clarice M. ein Buch über ihr Leben geschrieben: *Nenn es Freude.*

Und dann kam die wahre Überraschung.

Sie tauchte auf, als Vicki Clarice Robards Ordner in den Aktenschrank zurückhängte. Hinter Robard kam nämlich ein dickes Dossier mit dem Namen ROBERTS. R. P. Roberts. Das war Faiths Nachname. Ob sie Verwandte in Scottsville hatte? Vicki nahm sich den Ordner. Robinson P. Roberts kam nicht aus Scottsville. Er war «der Sproß einer prominenten und wohlhabenden Familie» aus der Gegend von Philadelphia.

«Prominent» und «wohlhabend» hätten wohl schon ausgereicht, um ihm einen Platz im Archiv zu sichern, aber er hatte noch mehr geleistet, angefangen mit dem Vietnamkrieg, wo er ein Marineheld gewesen war. Es gab eine Geschichte darüber, wie er zwei über dem Golf von Tonkin abgeschossene Flieger gerettet hatte. Nach dem Krieg war er in die Politik gegangen und hatte es in seinem Bundesstaat zum Senator gebracht. Als er eine schöne Erbin heiratete, brachten Zeitungen im ganzen Land diese Geschichte.

Die Familie seiner Braut war vom Bettelstab zum Reichtum gekommen. Ihr Großvater, ein irischer Einwanderer, war erst Bäcker und dann Mehlhändler gewesen. Sein Sohn hatte in Immobilien ein Vermögen gemacht. Und dessen Tochter, die Robinson Roberts geheiratet hatte, war eine vielversprechende Schauspielerin. Sie hatte in Houston, Los Angeles und Cleveland und in mehreren reisenden Broadway-Shows gespielt. Ein Artikel bezeichnete sie als die «frische und hinreißende junge Schauspielerin mit dem wunderbaren Lächeln». Sie hieß Faith Finch, bis sie heiratete und Faith Finch Roberts wurde.

Vicki war jetzt hellwach. Sie überflog jeden Artikel im Ordner, las ihn dann noch einmal gründlich und machte sich Notizen.

Nach ihrer Heirat war Faith Finch Roberts in einigen Fernsehspielen aufgetreten und hatte in der Serie *Fairly Faith,* die fast ein ganzes Jahr gelaufen war, die

Hauptrolle gespielt. Kurz danach hatte sie ihr erstes Kind bekommen, einen Jungen, und dann einige Jahre später das zweite, ein Mädchen. Irgendwann, wann, war nicht ganz klar, hatte sie die Schauspielerei aufgegeben und ihren Mann im Wahlkampf um den Posten als Vizegouverneur unterstützt.

Es gab ein Bild der Familie am Abend seiner Amtseinführung: die Eltern, die kleine Tochter, Faith, in einem gestärkten Kleid, auf dem Arm ihres Vaters, und der kleine Junge, Robinson jr., in einer perfekten Kopie von Anzug und Querbinder seines Vaters, neben seiner Mutter.

Es gab Artikel, die prophezeiten, daß Vizegouverneur Robinson Roberts sen. innerhalb eines Jahrzehnts Senator Roberts in Washington sein würde, und danach, wer weiß? Er wurde als «Präsidentenmaterial» bezeichnet.

Es gab viele Artikel über Robinson Robertsen's Amtszeit als Vizegouverneur. Eine kurze Notiz teilte mit, daß sich Mrs. Roberts in einem «Therapiezentrum» befand. Der Vizegouverneur kandidierte erfolglos für den Senat. Der Vizegouverneur besuchte mit einer jungen Filmschauspielerin einen Wohltätigkeitsball, während Mrs. Roberts mit den Kindern Europa besuchte. Der Vizegouverneur und Mrs. Roberts reichten die Scheidung ein.

Und dann die Scheidung selber. «Faith Finch Roberts und Robinson Paulson Roberts sen. erschienen heute mit ihren Kindern, dem 12jährigen Robinson jr. und der 10jährigen Faith, vor Gericht …»

Und es gab Bilder. Vicki gefiel besonders das von

Faiths Vater, des Marinehelden: die maßgeschneiderte Uniform, die dichten blonden Haare, die unter der steifen Offiziersmütze hervorlugten, das zuversichtliche Lächeln. Auf allen Bildern glitzerten Faiths Eltern, sie leuchteten aus den öden alten Zeitungen heraus.

Als sie den Roberts-Ordner zurückbrachte, war Vicki in einer seltsamen Stimmung. Es war so ähnlich wie das Gefühl, das sie überkam, wenn sie stundenlang gelesen oder gerade einen Film gesehen hatte: Das andere Leben, das Leben, über das sie gelesen oder das sie gesehen hatte, war spannender, wirklicher, interessanter als ihr eigenes. Zum erstenmal seit Tagen fühlte sie sich munter und aufgeregt.

Sie ging zurück an ihren Schreibtisch. Die Lampen leuchteten, die Telefone schellten, das ganze Nachrichtenzimmer brodelte, und genauso fühlte sie sich auch: ein wundervolles Brodeln, als ob sie gerade erwacht wäre.

Als sie die alte Holzfällerstraße hinter dem Friedhof entlanggingen, die einer der Lieblingsaufenthaltsorte der vier geworden war, hielt sich Vicki in Faiths Nähe. Sie war noch nie nah bei einer Berühmtheit gewesen. Eine Zeitlang ging sie hinter Faith her, dann betrachtete sie sie von der Seite, und einmal wäre sie fast mit ihr zusammengestoßen, weil sie rückwärts lief und sie ansah. Chris packte sie an den Schultern. «Hab dich gerettet», sagte er und bedachte sie mit seinem selbstzufriedenen Lächeln.

Vickis Wangen brannten. Sie dachte daran, wie Elizabeth die Treppe zur Mansarde heruntergeschlichen war. Nicht, daß ihr das etwas ausmachte. Sie war nicht mehr auf Chris fixiert. Er konnte Elizabeth haben und sie ihn. Sie gönnte ihnen das gern; sie hatte etwas anderes, etwas Besseres. Etwas sehr viel Besseres.

Mehrmals während der letzten Tage hätte sie Faith fast etwas verraten, aber jedesmal nahm sie sich zusammen. Sie wußte nicht, warum. Eines Nachts wachte sie auf, nachdem sie erst drei oder vier Stunden geschlafen hatte. Sie war hellwach, ihre Gedanken arbeiteten, immer wieder tauchten plötzliche Sätze auf. *Das wahre Leben der Reichen und Berühmten ... Erfolg und Prominenz ... Politik und Geld ...* Ein Artikel im Roberts-Ordner hatte die Scheidung von Faiths Eltern als «bitter» bezeichnet und berichtet, daß Faith und ihr Bruder Robinson jr. ihrem Vater zugesprochen worden waren. Was war aus der Mutter geworden? Und wo war jetzt der Bruder? Hatte Faith Kontakt zu ihrem Vater? Und warum war sie hier und arbeitete in dieser Kleinstadt für ein Taschengeld? Sie hatte Geld genug und Kontakte, um überallhin zu fahren. In diesem Moment könnte sie in Hollywood, Europa, Mexiko sein. Warum Scottsville? Nicht einmal Mr. Martins Ruhm konnte das erklären. Es gab eine Million Fragen ...

Sie blickte zu Faith hinüber, die im honigfarbenen Licht, das durch die Bäume sickerte, zu glühen schien. Sie war berühmt, ein berühmtes Mitglied einer berühmten Familie. Und niemand außer Vicki wußte, wer sie war.

Was machte Faith in Scottsville? Das war die große Frage.

BERÜHMTE TOCHTER EINES BERÜHMTEN VATERS ARBEITET ALS UNBEKANNTE ZEITUNGSPRAKTIKANTIN. *Exklusivinterview mit Faith Roberts, Tochter von Faith Finch Roberts und Robinson Paulson Roberts. Von Vicki Barfield.* Es war eine Geschichte für die erste Seite. Vielleicht sogar eine Titelgeschichte für *People.*

Vicki hob ein Stöckchen auf und warf es weg. Wenn sie es nun Elizabeth und Chris erzählte? Sie brauchte nur zu sagen: Hört mal, Leute … Sie würde es sehr spannend machen, würde damit anfangen, wie sie an einem Nachruf gearbeitet hatte und deshalb ins Archiv gegangen war, ohne irgendwas zu erwarten. Sie würde ihnen zuerst alles über Clarice Masters Robard erzählen und die Pointe für den Schluß aufheben (Masters war ihr Mädchenname). Und dann was? Elizabeth würde es zu Tode reden, und Chris würde darüber in seinem kostbaren Notizbuch schreiben. Es würde nicht mehr ihr gehören.

Also sagte sie es nicht. Solange sie es für sich behielt, gehörte es ihr. Es war ihr besonderes Wissen. Es war mehr als Wissen. Es war fast ein Gegenstand, der ihr gehörte, wie ein Stein, den sie in einer ihrer Taschen verstecken und herausnehmen und betrachten und polieren und gegen ihr Gesicht halten und seine Hitze spüren konnte.

22

«Laß dieses Foto verkleinern», sagte Sonia und reichte es Faith.

Vicki folgte Faith zum Labor. Faith trug einen grauen Kittel und eine schlichte weiße Bluse. Wie anspruchslos sie war! Sie hatte ihr ganzes Leben in der Gesellschaft von Filmstars und Gouverneuren und Präsidenten verbracht, aber bei Faith gab es keine Allüren. Sie benahm sich nicht wie eine Berühmtheit, sah auch nicht so aus und zog sich nicht so an.

Alles an Faith hatte plötzlich eine Bedeutung. Ihre reservierte Art. Daß sie keinen Schritt ohne ihre Kamera tat. Sogar ihre Zigaretten und ihr Schmuck. Und ihre Schuhe – Vicki blickte auf Faiths Füße. Heute trug sie klassische Ledermokassins. Wahrscheinlich handgenäht.

«Woher hast du deine Schuhe, Faith?» fragte sie. «Die sind Spitze.»

«Weiß ich nicht mehr», antwortete Faith. Ihre Hand lag auf der Klinke der Labortür. «Brauchst du irgendwas, Vicki?»

«War dein Vater in der Politik?» Das rutschte ihr einfach so heraus, ungeplant. Warum hatte sie das gesagt? Was machte sie denn bloß? War das der Anfang eines Interviews? Bedeutete das, daß sie einen Artikel über Faith schreiben würde? SCOTTSVILLE BEHERBERGT PROMINENTE ERBIN.

Faith ging ins Labor und schloß die Tür, ohne Vickis Frage zu beantworten.

Vicki blieb einen Moment lang stehen und lauschte auf das gleichmäßige, schwere Klopfen ihres Herzens. Ja, ja, ja. So sollte es sein. So mußte sie es machen. Den Artikel schreiben. Faiths Geschichte erzählen.

Bei diesem Gedanken fügte sich alles zusammen.

Das waren Ziel und Sinn dieses ganzen Sommers. Deshalb war die Sache mit Chris so unmöglich ... und so richtig. Sie brauchte all ihre Energie, all ihre Aufmerksamkeit hierfür ... für den Artikel. Die Geschichte wartete darauf, geschrieben zu werden. Es war heiß. Vickis Hände fingen an zu brennen, sie wollte jetzt unbedingt loslegen.

Vicki fand Faith auf dem grasbewachsenen Hang oberhalb des Schwimmbads. «Faith! Ich habe dich gesucht!» Vicki setzte sich neben sie ins Gras. «Weißt du noch, wie ich dich gefragt habe, ob dein Vater in der Politik ist? Darüber möchte ich mit dir reden.» Vicki war ein wenig nervös, und deshalb sprach sie schneller als sonst.

«Ich habe das Dossier deines Vaters im Archiv gefunden. Es ist erstaunlich, wie das passiert ist. Ich habe es durch Zufall gefunden, und dann habe ich es gelesen. Ich finde, diese ganze Sache mit dir, mit deinem Leben ist ganz schön verblüffend. Ich meine, du bist berühmt, und du machst diesen bescheidenen Job, arbeitest wie ich in einer Zeitung.» Vicki lachte. «Ich kann es kaum glauben, daß ich hier mit dir Schulter an Schulter sitze, mit einer, über die in Zeitschriften und im Fernsehen berichtet worden ist.»

Faith stieg in ihre Gummilatschen.

«Was mir wirklich Gedanken macht, ist, daß du hier in Scottsville bist. Was du hier machst, das ist die Story, so wie ich das sehe, Faith.» Sie berührte Faith am Arm. «Ich habe sehr viel darüber nachgedacht. Du bist berühmt, aber du bist auch ein richtiger Mensch. Ein richtig toller Mensch. Benimmst dich wie alle anderen, machst deinen Job, und das sogar gut.»

«Können wir es dabei belassen?» fragte Faith. Sie hatte ihre Habseligkeiten zusammengerafft. Handtuch, Sonnencreme, Zigaretten. «Du hast recht, ich mach hier meinen Job. Und du machst deinen. Meine Familie hat damit überhaupt nichts zu tun, und deshalb lassen wir das Thema jetzt fallen.»

«Aber deine Familie ist wichtig, Faith!»

«Nein!» widersprach Faith. «Da irrst du dich.» Sie hob ihre Kamera hoch. «Schau her, diese Kamera ist wichtig. Mein Job ist, Bilder zu machen. Was ich durch die Kamera sehe, ist wichtig. Nicht ich. Wichtig sind die Bilder, die ich mache! Meine Familie hat nichts damit zu tun. Niemand braucht etwas über meine Familie zu wissen. Was irgendwer wissen muß, ist, daß Faith gut mit der Kamera umgehen kann. Daß sie gute Fotos macht. Daß sie eine gute Fotografin ist. Daß sie ihre Arbeit macht. Verstehst du, was ich sage, Vicki?»

«O ja. Du bist gut, Faith. Das ist ja gerade so aufregend. Ich meine … ich komme aus einer armen Familie, und ich muß gut sein. Aber du bist trotz allem einfach so gut. Du könntest dich auch auf deinen Lorbeeren, deinem Geld oder was weiß ich ausruhen.»

Faith schwieg. Sie musterte Vicki auf andere Weise als je zuvor. «Das war für mich bisher ein guter Sommer. Ich habe mich sicher gefühlt. Ich habe wunderbare Menschen kennengelernt, es war gut. Ich möchte es dabei belassen. Ich möchte, daß du vergißt, was du über meine Familie gelesen hast.»

«Kann ich nicht», antwortete Vicki. «Daß eine Berühmtheit als bescheidene Praktikantin arbeitet, ist so ungewöhnlich. Das ist der Aufhänger für meine Geschichte, das bist du, Faith, ohne großkotzige Allüren.» Vicki wußte, daß sie wahrscheinlich ein bißchen zu aufgeregt war, aber es war schwer, ruhig zu bleiben. «Du hast deine Nase nicht am Himmel kleben. Du hältst dich nicht für besser als andere. Du bist berühmt, aber du zeigst es nicht.»

«Vicki», unterbrach Faith sie. «Du sagst immer wieder: berühmt. Berühmt, berühmt, berühmt. Ich weiß, du hältst dich für originell, aber ich habe das alles schon öfter gehört. Hier gibt's nichts Neues, Vicki. Was du über mich weißt, ist nichts Neues. Nichts, worüber du schreiben könntest, keine Story.»

«Aber Faith, dein ganzes Leben ist wie eine Story.»

«Und alle wollen sie lesen», sagte Faith.

«Genau!» sagte Vicki, ehe ihr aufging, daß Faith sarkastisch war.

«Vicki, versuch mir zuzuhören. Ich bin nicht berühmt. Berühmt ist mein Vater, nicht ich. Ich bin ein normaler Mensch wie du. Ich habe in meinem Leben nichts gemacht, weswegen ich berühmt sein könnte. Und ich bin hergekommen, weil ich wie ein normaler Mensch leben möchte.» Sie griff nach einer Zigarette. «Vicki, ich bitte dich als Freundin, nicht über mich zu schreiben. Vergiß das Dossier. Das ist eine alte Geschichte. Vergiß das alles. Hör zu.» Sie packte Vicki am Arm.

«Ich mag dich, Vicki. Du bist ein so echter und enthusiastischer Mensch. Ich möchte nicht, daß du wirst wie die anderen Reporter, die ich erlebt habe, Leute, die ihr Menschsein verloren haben. Für die gibt es bloß: Her mit der Geschichte! Einmal, in Rom, wurden meine Mutter und ich von einer ganzen Reportermeute gehetzt. Sie waren wie Hunde, die auf ein Stück Fleisch scharf sind. Meine Mutter ist gestürzt und hat sich im Gesicht verletzt, und weißt du was? Sie haben sie fotografiert. Sie haben dieses Bild gemacht. Ihnen war das egal.»

«Ich bin nicht so», sagte Vicki. «Das ist schrecklich. Ich möchte eine Geschichte schreiben, aber das möchte ich mit dir zusammen machen, Faith. Wir werden zusammen daran arbeiten.»

Faith kam näher, hob Vicki die Kamera vors Gesicht und drückte ab.

«Was machst du da?» fragte Vicki.

Faith ging davon.

Vicki rannte ihr nach. «Faith!» Vielleicht hatte sie nicht begriffen, daß Vicki einen mitfühlenden Artikel schreiben würde. Sie wollte über Faith schreiben, über ihr Leben und ihre Fotos. «Ich werde nichts schreiben, womit du nicht einverstanden bist», sagte sie. «Der ganze Artikel kann genauso sein, wie du willst. Ich brauche nur noch ein paar Auskünfte.»

Vicki suchte in ihrer Tasche nach ihrem Block. «Kannst du mir etwas über deinen Bruder erzählen, Faith? Wo ist er jetzt? Geht er aufs College? Und wie nennst du ihn, Junior oder Robbie? Wird er dich diesen Sommer vielleicht zufällig besuchen?»

«Das wäre nett», antwortete Faith. «Aber das wird wohl nicht möglich sein, Vicki. Er ist tot.»

«Das tut mir leid, Faith. Wie tragisch.»

«Nein, wie blöd. Mein Bruder war betrunken und mit dem Motorrad unterwegs. Hast du den Bleistift zur Hand, Vicki? Ich werde dir jetzt die ganze Geschichte erzählen. Meine ganze Familie ist ein selbstzerstörerisches Klischee. Mein Vater ist ein Alkoholiker, der das noch immer nicht zugeben will. Meine Mutter hat ihr halbes Leben in psychiatrischen Kliniken verbracht.» Faith hatte eine Zigarette in der Hand. «Mein Bruder war verrückt und wunderbar, und dann war er tot. Und ich bin mein ganzes Leben lang davongelaufen. Was möchtest du sonst noch über die goldene Roberts-Familie wissen, Vicki?»

Vicki wußte nicht, was sie sagen sollte. Sie wäre mit ihren Fragen sehr viel vorsichtiger gewesen, wenn sie das alles gewußt hätte. Wie konnte sie den Artikel über den Tod von Faiths Bruder übersehen haben? Was hatte sie sonst noch übersehen? «Es tut mir wirklich leid», sagte sie. «Ich wollte dir nicht zu nahe treten, Faith.» Sie hätte Faith gern in den Arm genommen, aber etwas an Faith sagte: Hände weg.

Vicki erwachte aus einem seltsamen Traum über einen Hund, eine Kuh und einen Elefanten. Auch Faith war in dem Traum aufgetaucht. Vicki sagte zu ihr: «Wenigstens bin ich besser als letztes Jahr. Letztes Jahr hat mich eine Maus erschossen.» Im Traum wollte sie sich ausschütten vor Lachen, und dann erwachte sie.

In dem Traum mußte sich eine Botschaft versteckt haben! Vicki schloß die Augen und ließ den Traum noch einmal ablaufen, aber der Traumhund sagte nichts, ebensowenig wie die Traumkuh oder der Traum- elefant. Das einzige, was Sinn ergab, war Faiths Auf- tritt im Traum.

Sie zog sich die Decke übers Gesicht. Es war schon fast eine Woche her, daß sie mit Faith gesprochen und mehr oder weniger versprochen hatte, den Artikel nicht zu schreiben. Das Problem war, daß sie ihn sich nicht aus dem Kopf schlagen konnte. Es war eine so tolle Story. Und sie hatte sie gefunden. Und sie wollte sie schreiben. Bei der Familie, die Faith hatte, würde immer irgendwer über sie schreiben. War es dann nicht besser, daß Vicki das machte und nicht irgend- wer, dem Faith gleichgültig war?

Ob sie einfach schreiben sollte? Sie wußte, wenn sie erst fertig wäre und Faith den Artikel zeigte, würde Faith das nichts mehr ausmachen. Sie würde sehen, daß Vicki sie nicht ausgenutzt oder falsch dargestellt hatte.

Ja, die Geschichte schreiben und sie Faith dann zei- gen. Nicht, daß Vicki ihre Erlaubnis gebraucht hätte, das wäre nur eine höfliche Geste. Reporter fragten die Leute ja wohl nicht um Erlaubnis, ehe sie über sie schrieben. So lief es nicht bei den Zeitungen. Geschich- ten wurden geschrieben, weil sie Nachrichten waren, weil die Leser einiges wissen mußten und anderes wissen wollten.

Wieder überkam Vicki dieses heiße, juckende, drängende Gefühl. War sie Reporterin oder nicht? Sie war zwar Faiths Freundin, aber warum sollte es da einen Konflikt geben? Wenn es in Vickis Leben Stoff für eine Geschiche gäbe und Faith sie mit Fotos erzählen wollte, würde Vicki sie nur dazu ermutigen.

Faiths Geschichte war so ... unglaublich gut! Naja, nicht «gut» wie lecker. Schreckliches war Faith widerfahren. Tragisches. Aber wenn sie Reporterin war, dann war das ihr Leben. Unglücke, Brände, Morde, Kriege, alle erdenklichen Todesarten.

Vielleicht sollte sie Sonia um Rat fragen. Das sollte sie ... aber sollte sie das wirklich? Was, wenn Sonia diese Idee so toll fand, daß sie den Artikel jemandem auftrug, der mehr Erfahrung hatte?

Nein! Es war Vickis Geschichte, es war ihre Idee.

Worauf wartete sie also noch? Warum hatte sie sie noch nicht geschrieben?

Weil Faith ihr Hindernisse in den Weg legte? War das ein ausreichender Grund? Was spielte es für eine Rolle, wenn Faith nicht einverstanden war? Manchmal mußte man tun, was einem schwerfiel, zum Beispiel anderer Ansicht sein als seine Freunde. Manchmal mußte man einfach das tun, was man für richtig hielt.

23

«Ich hatte gedacht, niemand würde sich hier um mich kümmern», sagte Faith.

«Hier?» fragte Chris.

«Hier! In Scottsville!» sagte Faith überstürzt. «Im ruhigen, friedlichen kleinen Scottsville.»

Sie berieten im Schlafzimmer der Mädchen. Thema: Vicki. Anlaß: Ihre Geschichte über Faith.

Chris hatte nichts davon gewußt, und Faith und Elizabeth hatten ihm alles erklärt. Es überraschte und beeindruckte ihn, daß Faiths Vater Vizegouverneur gewesen war, aber als Geschichte kam ihm das doch recht harmlos vor. Dann erzählten sie ihm auch noch den Rest, die blutrünstigen Einzelheiten sozusagen, alles, was herauskommen würde, wenn Vickis Geschichte gedruckt werden würde. Die ganze schlagzeilenträchtige Saga der Roberts-Familie: Scheidung, Tod, Anstalten …

Faiths Familie war ein Desaster, eine Tragödie. Kein Wunder, daß Vickis Antennen da vibrierten. Für eine Story war alles da: Ehrgeiz, Geld, Filmstars, Alkohol, Selbstzerstörung. Es war die amerikanische Erfolgsstory und die amerikanische Tragödie.

Chris hatte schon ähnliche Geschichten gehört, aber die waren immer weit weg gewesen, Zeitungsartikel oder Fernsehdokumentationen. Filmstar- und Prominenten-Stoff. Absolut unwirklich. Und absolut schwer mit Faith in Verbindung zu bringen. Mit Faith, die er jeden Tag sah, mit der er redete und herumalberte. Mit Faith, die im Schaukelstuhl saß, sich die Fingernägel schnitt und die Schnipsel ordentlich auf der Armlehne sammelte.

«Wenn ich das in einem Roman lesen würde, dann würde es mit schwerfallen, das zu glauben», sagte er.

«Chris, hast du immer nur Bücher im Kopf?» fragte Elizabeth. «Wir reden hier über ein wirkliches Leben. Wir reden über Faith.»

«Seid ihr sicher, daß Vicki die Geschichte schreibt? Vielleicht will sie sich bloß wichtig machen.»

«Nein, das stimmt nicht», sagte Faith. «Sie hat mir den Entwurf gezeigt. Und wißt ihr, was das Schlimmste ist? Es bringt alles zurück, wovon ich dachte, daß es hinter mir läge. Arme kleine Faith.» Sie lachte trocken. «Als meine Eltern sich scheiden ließen, war das eine der Schlagzeilen. ARME KLEINE FAITH! ALLES, NUR KEIN GLÜCK! Und als mein Bruder starb, haben sie das wiederholt, sie war ja so super. ARME KLEINE FAITH! WIEVIEL MUSS SIE NOCH ERLEIDEN?»

Sie zündete sich mit der Zigarette die nächste an. «Im Grunde mache ich Vicki irgendwie keine Vorwürfe. Warum nicht? Sie machen das doch alle. Ich mag Vicki. Manchmal ist sie so witzig. Und dann denke ich plötzlich: Doch, sie ist wie alle anderen sensationsgeilen Reporter. Und eine Minute später denke ich: Nein, es wird nicht wieder passieren. Das hier ist doch meine Freundin Vicki.»

«Ich mag sie auch, aber das macht mich verdammt wütend», sagte Elizabeth. «Sie hat keinen Grund, das zu tun. Es ist nichts Neues, es ist wiedergekäuter Klatsch, und es wird dir weh tun, Faith.»

Chris fand die Sache mit der Freundschaft am wichtigsten, nicht den Klatsch. Es war die Art Geschichte, die jeder gern las, sie selber auch. Mrs. Roos kaufte sich jede Woche *People,* und sie lasen es alle. Er behauptete gern, ihn interessierten nur die Rezensionen, aber er las auch alles andere. Klatschjournalismus. Jede Zeitung brachte den.

Nein, hier ging es um Freundschaft. Wenn eine Freundin nicht wollte, daß man ihre Geschichte erzählte, dann hatte man das zu respektieren.

Chris bot an, mit Vicki zu reden. Er glaubte nicht, daß es ihm schwerfallen würde, sie davon zu überzeugen, daß die anderen recht hatten. Obwohl ihr Verhältnis in letzter Zeit ein bißchen kühl gewesen war, glaubte er noch immer, einen besonderen Einfluß auf sie zu haben.

Er wartete bis zum nächsten Morgen, dann klopfte er auf dem Weg zum Frühstück an ihre Tür. «Vicki, kommst du?»

«Ich hab zu tun.»

«Kann ich reinkommen? Ich möchte mit dir reden.»

«Jetzt nicht.»

«Vicki!» Er wollte die Tür aufmachen, aber die war abgeschlossen. «Laß mich rein!» Er klopfte noch einmal. «Vicki, ich möchte wirklich mit dir reden.» Er behielt seinen freundlichen, ruhigen Tonfall bei. Er wollte sich nicht wie ein Staatsanwalt aufführen, obwohl sie einwandfrei im Unrecht war.

«Na gut. Komm rein, komm rein.» Sie öffnete die Tür. Sie war noch immer im Schlafanzug, und ihre Haare fielen lose über ihre Schultern. Sie hielt einen gelben Schreibblock in der Hand. «Was willst du, Chris? Ich habe zu tun.»

«Willst du kein Frühstück?»

«Warum bist du plötzlich so besorgt um meinen Appetit?»

«Was schreibst du da?» Ihre Hand legte sich über das Papier. Nicht schnell genug. Er sah Faiths Namen. «Du schreibst die Geschichte über Faith, was?»

«Was weißt du davon?» Sie legte den Block auf den Schreibtisch und begann, sich die Haare zu bürsten.

«Faith möchte nicht, daß du über sie schreibst.»

Sie ließ die Haare über das Gesicht fallen und bürstete sie vom Nacken her aufwärts. «Hat sie dich geschickt? Macht Elizabeth auch mit?»

«Spielt das eine Rolle, Vicki? Du weißt, daß du Faith weh tust, wenn du das machst.»

Sie setzte sich gerade und schob sich die Haare aus dem Gesicht. «Du hast doch keine Ahnung, Chris. Ich werde Faith nicht weh tun. Du weißt nicht, was ich schreibe. Du weißt nicht, was ich vorhabe.»

«Laß es einfach», sagte er. «Schreib die Geschichte nicht. Wir wollen das alle nicht. Es ist nicht so wichtig, Vicki. Deine Freundschaft zu Faith ist viel wichtiger.» Er stieß einen Stapel Kleider von einem Stuhl und setzte sich. «Dir steht eine großartige Karriere bevor, Vicki. Du brauchst diese Story nicht. Ich will nicht, daß du sie schreibst, Vicki.»

«Und wer hat dich zum Richter berufen?» Sie teilte die Haare in zwei Stränge und schlang Haargummi darum. «Wer hat dich zum großen Zensoren ernannt? Wer hat gesagt, du könntest mein Leben für mich planen, Chris?» fuhr sie fort. «Ich weiß, warum sie dich geschickt haben. Sie glauben, du könntest mich um den Finger wickeln. Das ist vorbei, Chris. Das geht dich alles überhaupt nichts an, okay? Faith wird anders denken, wenn sie die fertige Story sieht. Ich werde einen guten Artikel schreiben, nichts, worüber sie sich Sorgen machen oder schämen müßte. Er wird absolut fair sein. Ich bin auf ihrer Seite. Und ich werde nur die Wahrheit schreiben. Ich werde nichts dazuerfinden. Sieh mal, Chris», sagte sie und griff plötzlich einen anderen Punkt auf. «Es tut den Leuten gut, über Berühmtheiten zu lesen, die ihre Probleme in den Griff bekommen haben. Das inspiriert. Faith hat soviel leiden müssen, aber sieh sie dir an! Sie hat Mut, und das will ich herausbringen.»

Großartig. Jetzt redete Vicki, als ob sie der Welt mit dem Artikel über Faith einen Dienst erweisen würde. Das Zimmer wurde ihm plötzlich zu eng und klein und heiß. Wieso hatte er sich eingebildet, er könnte hier einfach antanzen, einige kluge, wohlgewählte Worte von sich geben, und schon wäre Vicki bekehrt? Er kannte sie doch besser. Er wußte, wie empfindlich und ehrgeizig sie war. Sie versuchte immer, irgend etwas zu beweisen.

«Du möchtest doch auch nicht, daß dein Privatleben von aller Welt betatscht wird», sagte Chris. «Versetz dich doch mal in Faiths Lage!»

«Warum? Niemand würde über mich schreiben. Wer bin ich denn? Niemand besonderes. Und über dich würde auch niemand schreiben», fügte sie hinzu.

«Danke», sagte er. «Daran werde ich denken, wenn ich reich, berühmt und mächtig bin.»

Einen Moment lang starrten sie einander an, sie mit ihren langen Beinen und ihren großen Augen und mit ihrem großen Ego und ihrer cleveren Art, und er kam sich wie ein Idiot vor, weil er von seinem künftigen Ruhm gesprochen hatte. Und er hatte noch ein Gefühl, eine chaotische Kombination des Wunsches, sie zu küssen und ihr gleichzeitig zu sagen, sie solle die Klappe halten und zuhören, weil er recht hatte und sie nur von einer Dummheit zurückhalten wollte.

«Vicki, laß mich noch einen Versuch machen.» Er war aufgestanden. Er hob das Bild ihrer Mutter hoch. «Möchtest du lesen, daß deine Mutter sechs Monate in einer Entziehungsklinik verbracht hat?»

«Stimmt das? Hat Faiths Mutter sechs Monate – wann war das? Hat Faith dir das erzählt?» In ihren Augen lag ein Funkeln, das er wiedererkannte, dasselbe Funkeln, das er auf dem Jahrmarkt gesehen hatte, als sie sich in ihre Idee für die Zwillingsgeschichte verbissen hatte.

«Vicki – du hast deine Namensnennung. Nicht nur für unsere Jahrmarktsgeschichte. Du bekommst auch deinen eigenen Artikel. Wann erscheint der?»

«Sonntag. Worauf willst du hinaus, Chris?»

«Darauf, daß du alles bekommen hast, was du wolltest. Die Namensnennung. Deine eigene Geschichte. Dein Name wird gedruckt. Warum machst du das hier?»

«Ich habe es langsam satt, mich zu wiederholen, Chris. Weil es da ist. Weil es eine Story ist. Weil ich Reporterin bin. Weil die Leute es lesen wollen.»

Er trat ans Fenster. Langsam gingen ihm die Argumente aus. «Würdest du die Sache mir zuliebe fallenlassen?» fragte er.

«Wie bitte?»

«Vicki … unsere Freundschaft … unserer Freundschaft zuliebe.» Er drehte sich um und streckte seine Hand aus. Er zog jetzt alle Register. «Unsere Freundschaft bedeutet mir etwas. Und dir auch, das weiß ich. Das hoffe ich. Bitte, schreib den Artikel über Faith nicht. Mir zuliebe.»

«Dir zuliebe?» wiederholte Vicki.

Er nickte.

«Ich soll es dir zuliebe nicht tun?» fragte sie noch einmal. «Für dich wundervollen Menschen. Oh, Chris, wie rührend. Ist das eine persönliche Bitte?»

«Vergiß es», sagte er. Mehr gab es nicht zu sagen. Alles war bereits gesagt. Aber plötzlich lief er durch das Zimmer, packte ihren Schreibblock und riß die Blätter heraus.

Vicki riß die Augen auf und zu, lief rot an vor Wut. Sie packte ein Buch und warf es nach ihm. Es traf ihn am Kopf, und das tat weh.

«Jesus», sagte er. «Du hättest mir ein Auge ausstechen können.»

«Ich könnte dich umbringen, Chris. Aber daß du meinen Artikel zerrissen hast, wird mich nicht aufhalten. Ich werde ihn wieder schreiben. Du könntest ihn noch zehnmal zerreißen, und ich würde ihn trotzdem schreiben.»

24

Scottsville Courier
  Kurztitel: 530-091
  Erscheinungstag: Sonntag
  Rubrik: Sommerunterhaltung
  Länge: Mittel: 21 Zeilen
  Überschrift: Praktikanten finden Herausforderung, Spass, Erschöpfung im Sommerjob
  Verfasserangabe: Von Vicki Barfield, *Courier*-Redaktion
  Illustration: 2 Farbfotos von Faith Roberts, Courier Redaktion
  1. Vicki Barfield arbeitet an einem der Computer, die sie in ihren Wochen als Sommerpraktikantin im Nachrichtenraum von Scottsville zu lieben und zu respektieren gelernt hat.
  2. Die Sommerpraktikanten Chris Georgiade, Faith Roberts und Elizabeth Ginzburg mit ihrer Kollegin Vicki Barfield, die ihrem persönlichen Artikel gerade den letzten Schliff verpaßt.
  TEXT:
  Der Wecker weckt mich um 5.30 Uhr. Ganz egal, wann ich schlafen gegangen bin! Ich habe immer das Gefühl, gerade erst die Augen zugemacht zu haben. In weiser Voraussicht (ha!) hatte ich ein Praktikum bei einer Zeitung angetreten, die um 12.00 Uhr in Druck geht, und das bedeutet, daß die Arbeit um 6.30 Uhr losgeht. Die Lampen brennen, die Leute sitzen an ihren Schreibtischen, und die Maschinen brummen, wenn

ich eintreffe. Auf meinem Tisch liegt ein Zettel mit den Anrufen, die ich erledigen muß. Ich muß für die Sommerseiten einen Artikel über das städtische Schwimmbad fertigmachen. Ich war gestern den ganzen Nachmittag über dort und habe Interviews gemacht. Wo sonst kann man im Badeanzug zur Arbeit gehen?

Die Redakteurin trägt mir auf, noch einen Abschnitt für meinen Artikel zu schreiben. Ich hoffe, ich habe genug Stoff. Sie wirft mir einen Artikel einer Nachrichtenagentur über Wassersicherheit zu, den ich mit lokalem Dreh neu schreiben soll.

Ich schreibe meine Schwimmgeschichte noch einmal. Ich erledige die Anrufe. Ich schreibe einen Nachruf. Huch! Ich habe das Alter des Toten vergessen. Ich gähne, und mein Magen knurrt im Verein mit etwa zehn anderen Mägen. Alle hielten es für eine gute Idee, wenn ich Brote und etwas zu trinken holen würde. Draußen ist es heiß. Ich bin müde. Ich möchte meinen Kopf auf meinen Schreibtisch legen und ein Nickerchen machen. Ich möchte aufwachen und das Mittagessen vor meiner Nase stehen sehen. Aber ich bin die Praktikantin. Ich stehe auf, notiere Bestellungen und gehe los.

Die Hitze steigt vom Boden her auf. Ich laufe fast in einen Bus und werde von einem heißen, müden Fahrer angeschrien. Aber hier muß ja auch mehr los sein als zu Hause, oder? Statt hinter einer Bande von kleinen Geschwistern herzulaufen, würde doch jeder normale Mensch sechs Tage die Woche in aller Herrgottsfrühe aufstehen, stundenlang über einen Computer gebeugt

an einem Schreibtisch sitzen, das schlichte, bescheidene Mädchen für alles spielen und mindestens viermal pro Tag heruntergeputzt werden, weil er einen
Namen falsch geschrieben hat? Hmmm?

25

«Vielleicht habt ihr beiden eine Idee, was wir jetzt tun
sollen», sagte Chris. «Ich geb's mit Vicki auf. Ich habe
keine Vorstellung, wie wir sie von diesem Artikel
abbringen sollen.»

«Warum werfen wir sie nicht einfach von einer
Klippe?» fragte Elizabeth.

«Spaß beiseite», sagte Chris. «Wir müssen wieder
von vorne anfangen.»

«Wir gehen zu Sonia», schlug Elizabeth vor. Einen
Moment lang sah das aus wie die Antwort. Die Situation erklären und Sonia die Geschichte abwürgen lassen. «Vielleicht», sagte Chris. Die Vorstellung gefiel
ihm nicht. Es kam ihm vor, wie beim Lehrer zu petzen.

«Wieso meint ihr, sie würde es nicht drucken?»
fragte Faith.

«Sonia hat Integrität», widersprach Elizabeth. «Sie
will keinen Klatschjournalismus. Sie will richtige
Nachrichten.»

«Bist du sicher?» fragte Faith. «Welche Zeitung
bringt denn solche Artikel nicht? Damit verkaufen sie
doch!»

Sie schwiegen ein Weilchen. Sie hatten keine Vorschläge mehr.

«Wir fahren mit ihr spazieren und beißen ihr ein Ohr ab», sagte Elizabeth.

«Das würde sie beeindrucken», meinte Chris zustimmend. «Wir könnten sie auch zerlegen, sie zu Hamburgerfleisch zermahlen und nebenbei ein bißchen verdienen.»

Galgenhumor. Einige Minuten lang entwickelten er und Elizabeth verschiedene Pläne, wie sie Vicki loswerden konnten, und die meisten wiesen mehr als nur einen Hauch von Kannibalismus auf.

«Diese Gewalttätigkeit widert Faith an», sagte Chris.

«Nein, gar nicht.» Faith zündete sich eine Zigarette an. «Ich bin keine Heilige. Ich könnte mit ihr den Boden wischen!»

Als Ergebnis ihrer Beratung beschlossen sie, noch einen Versuch zu machen, Vicki zur Vernunft zu bringen. Wie Elizabeth sagte, vielleicht konnten sie ihr ein wenig Verstand einhämmern.

26

Nach dem Essen saßen schon alle anderen auf der Veranda, als Vicki herauskam. Sie warten auf mich, dachte sie.

«Oh, gut», sagte Elizabeth, zu munter. «Da bist du ja. Wir machen eine Spazierfahrt und möchten dich dabeihaben.»

«Eis», fügte Chris hinzu.

Vicki starrte ihn an. Sie hatte nicht mehr mit ihm gesprochen, seit er ihre Notizen zerrissen hatte. Sicher hatte er das allen erzählt. Sie wußte, daß sie über sie gesprochen hatten. Über die miese, fiese Vicki.

«Ich brauche unbedingt ein Eis», sagte Faith mit derselben falschen Begeisterung in der Stimme. «Es ist so heiß heute.» Sie fächelte sich Luft zu. «Also, kommt, Leute.»

Vicki ging mit ihnen. Es ging nicht um das Eis, darauf fiel sie nicht herein. Sie hatte ihre eigenen Gründe. Sie war neugierig darauf, was sie ihr jetzt auftischen würden. Und außerdem hoffte sie immer noch, mit Faith reden zu können. Sie war fast fertig mit dem Artikel, aber sie hatte immer noch einige Fragen.

Und, um ganz ehrlich zu sein, diese letzten Tage waren hart für sie gewesen. Normalerweise juxten sie herum, neckten sich, unternahmen gemeinsam etwas. Aber jetzt hatte sie die drei anderen gegen sich, und das gefiel ihr nicht. Es machte alle Freude kaputt.

Im Auto wollte sie vorn neben Faith sitzen, aber irgendwie schob Elizabeth sie zu Chris nach hinten. Sie saß so weit wie möglich von ihm entfernt.

Sie waren zwei Minuten vom Haus, als Elizabeth sich umdrehte und frage: «Weißt du, warum wir dich zu diesem Ausflug eingeladen haben, Vicki?»

«Um ein schönes großes Eis zu essen», sagte sie unschuldig.

«Zweiter Versuch.»

«Ihr wollt mich kaltmachen.»

«Da liegst du schon richtiger», sagte Faith. Sie hatte eine Hand am Lenkrad und hielt ihre Zigarette aus dem offenen Fenster. «Du weißt, worüber wir mit dir reden wollen.»

«Ja.» Aus dem Augenwinkel sah sie, daß Chris Elizabeth ein Zeichen gab.

«Du weißt, Vicki, daß wir alle dich für außerordentlich begabt halten», sagte Elizabeth. «Der Artikel von dir über das Praktikum war sehr gut. Ehrlich, ich war ein bißchen eifersüchtig. Ich fand ihn viel besser als meinen.»

«Deiner war aber auch gut», sagte Vicki tonlos. Sie sah aus dem Fenster. Sie hatten jetzt die Stadt verlassen, und die Bebauung wurde immer spärlicher.

«Was ich geschrieben habe, war okay. Ich will dir nicht schmeicheln», sagte Elizabeth. «Ich möchte etwas klarstellen. Wir glauben alle, daß wir eines Tages sehr häufig den Namen Vicki Barfield lesen werden. Ich habe das Gefühl, daß wir damit protzen werden, daß wir dich damals schon gekannt haben.»

«Schön. Ich bin heiße Ware. Wir sind alle heiße Ware. Ich bin nicht blöd. Elizabeth, ich weiß, was du sagen willst. Du willst nicht, daß ich den Artikel über Faith schreibe. Warum lest ihr nicht, was ich geschrieben habe, und entscheidet euch dann?»

«Das klingt vernünftig», sagte Elizabeth vorsichtig. «Aber wenn du dir das überlegst, dann geht dir sicher auf, daß es keinen Grund für uns gibt, deinen Artikel zu lesen. Wie du mit dem Material umgehst, ist nicht die Frage, Vicki. Wir wissen, daß wahrscheinlich alles, was du schreibst, fair und gut geschrieben und so ist.

Aber es geht darum, daß dieser Artikel einfach nicht geschrieben werden dürfte.»

Vicki ließ sich auf ihrem Sitz zurücksinken. Immer wieder die alte Leier. Sie schlugen auf sie ein. Sie wollten nicht aufhören. Sie wollten nicht akzeptieren, daß sie nur ihre Arbeit machte, nur das tat, wozu sie hergekommen war. Die Nachrichten finden, sie ausgraben und berichten.

«Wir sehen die Sache eben verschieden, Elizabeth», sagte sie. «Vielleicht sollten wir das Thema einfach fallenlassen. Ich werde mit Faith darüber sprechen.»

Sie genoß es wirklich, Elizabeth das in forschem, resolutem Tonfall mitzuteilen. Sie war nicht nervös, sie war nicht emotionell, sie hörte sich an, als ob sie wüßte, was sie wollte, und das wußte sie auch. Seit sie den Roberts-Ordner gefunden hatte, hatte sie sich verändert. Sie hatte ein Ziel. Sie hatte ihre Lebensfreude, ihr Lebensziel – oder wie man das nun nennen konnte – wiedergefunden. Sie war begeistert und aufgeladen.

Die Sonne ging unter, und Faith schaltete die Scheinwerfer ein. Chris, der bisher geschwiegen hatte, sagte: «Vicki, wir bitten dich alle. Wir drei sind einer Meinung, und wir möchten, daß du bei uns bist, nicht gegen uns.»

«Muß ich mir diesen Skinhead anhören?» fragte Vicki.

«Skinhead!» rief Chris. «Wir wollen doch nur, daß du dich an Faiths Stelle versetzt. In ihren Mokassins gehst. Wenn es um dich ginge, wie wäre dir dann zumute?»

«Das hast du mich schon einmal gefragt», erinnerte Vicki ihn. «Und weißt du noch, was ich gesagt habe?

Ich bin nicht berühmt, niemand wird über mich schreiben.»

«Was hat das denn damit zu tun?» fragte Elizabeth. «Dieselben Regeln gelten, ob du berühmt bist oder nicht. Du mußt als erstes ein Mensch sein, Vicki.»

«Willst du sagen, daß ich kein Mensch bin?»

«Faith gegenüber benimmst du dich jedenfalls nicht wie einer.»

«Dann sage ich euch, warum ich diesen Artikel schreibe. Weil Faith hier ist», sagte sie und betonte jedes Wort wie für leicht zurückgebliebene Zuhörer. «Sie ist hier. Bei uns. In dieser Stadt. Faith Roberts in Scottsville. Das. Sind. Nachrichten. Das. Ist. Die. Story.»

«Aber verstehst du nicht», fragte Elizabeth, «daß Faith ihr Privatleben beschützen möchte?»

«Ich sage dir, was ich verstehe», sagte Vicki. «Redefreiheit. Und was ist mit Pressefreiheit? Mit der Freiheit zu schreiben, was wir wollen? Was ist mit der Wahrheit, Elizabeth? Bist du nicht diejenige, die immer über Wahrheit redet?»

Elizabeth wandte sich ab und sagte kein Wort mehr. Alle schwiegen. Ob sie sich ihnen wirklich verständlich gemacht hatte? Sie sah aus dem Fenster. Sie befanden sich auf einer schmalen Straße, die sich durch einzelne Waldgebiete hinzog.

«Mir ist gerade etwas eingefallen, was ihr wissen müßt», Chris beugte sich vor und legte seine Hand auf Elizabeths Schulter. Er sah zu Vicki hinüber, und sie wußte, was er sagen würde.

«Sei still, Chris», sagte sie.

«Ich finde, sie sollten das wissen, Vicki, weil sonst niemand von uns begreifen kann, wie du so stur sein kannst. Aber mir ist eben aufgegangen, daß es eine Erklärung gibt.»

«Nein!» sagte Vicki.

«Sie ist vierzehn. Vierzehn Jahre alt. Ich sage das nicht als Entschuldigung für Vicki», fügte er hinzu.

«Sie ist was?» fragte Elizabeth.

«Vierzehn», wiederholte Chris. «Ich finde, wir sollten das nicht außer acht lassen. Vickis Urteil …»

«Halt die Klappe!» rief Vicki. Ihr Gesicht brannte. Er hatte sie verraten. Sie schlug ihn, stieß ihn, schlug seinen Rücken, schlug, wo sie ihn erreichen konnte.

«Hör auf damit, was ist in dich gefahren, Vicki?»

«In mich? In mich! Und was ist mit dir? Was ist mit deinem Notizbuch? Weißt du das, Elizabeth? Er schreibt alles darin auf. Jedes Gramm, das du zunimmst, bemerkt er und schreibt es auf.»

«Das stimmt nicht», sagte Chris.

«Jedesmal, wenn du vorhast, mit dem Rauchen aufzuhören» – das ging Faith an –, «dann schreibt er es auf. Er bespitzelt euch. Netter Freund. Und wenn ich nun vierzehn bin? Ich schreibe den Artikel nicht, weil ich vierzehn bin. Ich schreibe ihn, weil er eine Story ist. Wenn ich sie nicht schreibe, dann wird irgendwer sonst …»

«Du hast recht», fiel Elizabeth ihr ins Wort. «Vierzehn hat nichts damit zu tun. Du bist einfach ein herzloses Miststück.»

Vicki warf sich vor und packte den Türgriff. «Laßt mich raus! Laßt mich jetzt raus!»

Sie fuhren durch den Wald. Die Scheinwerfer fingen das Spiel von Blättern und die raschen Bewegungen von Tieren ein. Überall ragten Bäume auf. Vicki erkannte die alte Holzfällerstraße. «Laßt mich raus! Ich geh zu Fuß!»

Faith drehte das Lenkrad erst nach rechts, dann nach links. Der Wagen ruckelte und schlingerte und kam dann zum Stehen. Der heiße Motor tickte. Im Scheinwerferlicht sah Vicki den alten Lastwagen. Vor Wochen hatten sie Elizabeth-Einsperren gespielt. In einem anderen Leben, so kam es Vicki vor. Insekten wirbelten durch das Licht. Niemand sagte etwas.

27

Vicki rannte. Und damit fing der ganze Ärger an. Nichts geschah nach einem Plan.

Sie sprang aus dem Auto und rannte los.

Und dann passierte alles ganz schnell, wie in einem Traum – zu schnell, und doch mit quälender Langsamkeit.

Vicki rannte. Und Faith rannte hinter ihr her. Und so fing es an. Dann rannten sie alle.

Der Wald war schwer und dunkel. Heiß, erstickend. Es hatte angefangen zu regnen.

Sie rannten.

Wörter zerrissen die dunkle Luft. *Komm zurück … wir wollen doch nur … faß mich nicht an … Vicki, ver-*

dammt ... hör auf damit ... hört auf ... ihr könnt doch nicht ...

Faith bekam Vicki als erste zu packen. Sie griff sie an. Und dann hatten alle ihre Beine und Arme. Sie zogen sie.

Sie machten es, alle zusammen, stießen sie in den Lastwagen, schlugen die Tür zu.

Dann saßen sie wieder im Wagen, fuhren, die Bäume auf beiden Seiten beugten sich über sie, die Scheinwerfer zeigten seltsame, mißgestaltete Umrisse.

28

Sie war eingesperrt. Das wußte sie. Sie wußte, daß es im Auto keine Türgriffe gab, aber sie tastete trotzdem danach. Als sie sie gepackt hatten, war es ihr gelungen, jemanden zu treten.

Sie hoffte, daß es Chris war. Sie haßte ihn, haßte sie alle. Elizabeth, vernünftig und freundlich. Faith, die keiner Fliege etwas antun konnte. Und Chris, einst ihr irritierender, lockiger Liebster – er war genauso manipulierend und gemein wie die anderen.

Sie horchte. Wo waren sie? Saßen sie draußen in der Dunkelheit mit ausgeschalteten Scheinwerfern und warteten ab, was sie machen würde? Wollten sie sehen, ob sie flehen oder weinen würde?

«Ich habe wirklich Angst», sagte Vicki. Dann schrie sie. «Könnt ihr mich hören, ihr Idioten? Ich habe Angst!»

Wieder lauschte sie.

Sie hörte Rascheln und Pochen, und als sich der Regen gelegt hatte, Schreien, Summen, surrende, maschinenhafte Geräusche. Insektengeräusche.

Sie kniete sich hin und preßte die Hände gegen die Fensterscheibe.

Sie würden sich so freuen, wenn sie zusammenbräche, aus Angst das tun würde, was sie von ihr wollten.

Das würde ihnen nicht gelingen. Sie würde einfach hier sitzen und auf sie warten. Und wenn sie dann kämen, würde sie ruhig aus dem Lastwagen klettern und weggehen.

Wieder fiel jetzt der Regen, schlug gegen das Metalldach. Das hörte sich gemütlich an. Sie hatte Regen auf dem Dach immer schon gemocht, vor allem nachts, wenn sie im Bett lag und die Decke hochgezogen hatte.

Sie setzte sich hinter das Steuerrad und tastete auf dem Boden nach der Gangschaltung. Sie stampfte auf die Bremse und die Kupplungspedale. «Schade, daß ihr nicht hier seid», sagte sie zu ihren Geschwistern. «Es würde euch Spaß machen, in diesem alten Wrack herumzuhampeln.» Sie streckte die Arme aus. «Etwas mehr als vier Fuß an Platz. Platz genug für uns alle.»

Sie strich mit den Händen über den Sitz. «Brüchiges Leder, die Federn kommen durch», teilte sie mit. «Es riecht muffig und ölig, schal irgendwie, als ob seit tausend Jahren niemand mehr hiergewesen wäre.»

Sie hörte einen dumpfen Schlag, als ob etwas auf den Lastwagen gefallen wäre. Ihr Herz machte einen Sprung. «Das könnte ein brechender Zweig gewesen sein», sagte sie laut. «Das war alles.» Oder waren es die anderen? Oder jemand anderes? Irgendein Verrückter, mit Zweigen im Haar und Blättern an den Wangen. Jemand, der alles beobachtet hatte und wußte, daß sie allein war. Irgendein alter, zahnloser, grinsender, behaarter Irrer, der gerade jetzt auf sie zugeschlichen kam. Gleich würde er sein Gesicht ans Fenster pressen.

Sie holte mehrmals tief Luft.

Wie lange konnte man in der Dunkelheit durchhalten, ohne das Zeitgefühl zu verlieren? Sie war nicht gern allein. Sie hatte gern Leute um sich, hörte gern ihre Stimmen. Sogar spät nachts war es tröstlich, aufzuwachen und im Haus oder auf der Straße Stimmen zu hören.

Sie zog die Beine auf den Sitz. Schlaf würde ihr die Zeit vertreiben. Ein hohes Dröhnen, wie ein Zahnarztbohrer, erklang. Zikaden. In der fünften Klasse hatte sie einen Vortrag über Zikaden gehalten, bei Mr. Hegaman, einem Lehrer, den sie gern hatte und beeindrukken wollte. Während des ganzen Vortrags hatte sie immer «Zick-ka-de» gesagt. «Zickaden sind Insekten, die auf Bäumen und Sträuchern leben. Zickaden produzieren ihr scharfes klickendes Geräusch durch eine Membran an ihrem Unterleib.»

Als sie dann fertig war, hatte er gesagt: «Die korrekte Aussprache ist Zi-kaaa-de, Vicki. Du hättest das nachschlagen müssen.» Sie war so verblüfft gewesen, daß sie vor aller Augen in Tränen ausgebrochen war. Und sie hatte das Gefühl, daß Mr. Hegaman gelächelt hatte, obwohl er gesagt hatte: «Aber das ist doch nicht so wichtig, oder?»

Aber das war es. Es war immer so wichtig. Wozu sollte man denn überhaupt etwas tun, wenn man es nicht bis zum Ende durchzog und dabei sein Bestes tat? Deshalb würde sie auch den Artikel schreiben. Sie wollten, daß sie ihn fallenließ, aber wozu sollte sie denn Reporterin sein, wenn sie nicht grub und Sachen herausfand und dann darüber schrieb, sich alle Mühe gab? Die Zikaden sangen monoton. Sie schlief für einige Minuten ein, dann wachte sie auf und döste wieder weg. Die Dunkelheit pulsierte um sie herum, schien in ihrem Kopf zu pulsieren.

Sie schnappte nach Luft. Plötzlich hatte sie das Gefühl, hier zu ersticken. Keine Luft. Sie würgte. Sie schlug gegen das Fenster, hämmerte dagegen, aber nicht hart genug. Sie zögerte, sie hatte Angst, sich zu verletzen. Aber worauf wartete sie denn? Daß die anderen kamen? Raus hier, Vicki ... jetzt. Sie lehnte sich zurück und stieß den Fuß durch die Fensterscheibe.

29

Sie quetschten sich alle auf dem Vordersitz, aufgekratzt und erregt. Chris' Adrenalin sprudelte. Alle redeten. «Sie tritt um sich wie ein Maultier ... hat sie euch auch getreten? ... Sie hatte nichts Besseres verdient ... Habt ihr gesehen, wie sie sich gewehrt hat? Es war wie ein verdammter Film.»

«Ich möchte was essen», sagte Faith.

Chris war jetzt zu allem bereit. Essen? Er könnte ein Pferd verschlingen! Er könnte zehn Meilen rennen. Er könnte auf zwölf Berge steigen!

Es war verrückt, aber es hatte irgendwas damit zu tun, wie sie Vicki gejagt, gefangen und in den Lastwagen gesperrt hatten. Wer hatte die Tür aufgemacht? Wer hatte den Lastwagen überhaupt erwähnt? Sie hatten es nicht geplant, aber sie hatten aus einem gemeinsamen Impuls heraus gehandelt.

Sie hielten an einer Raststätte und stiegen aus. «Wie ist euch zumute?» fragte Faith.

«Mein Adrenalin strömt», sagte Chris.

«Meins auch», erwiderte Faith. «Wißt ihr was? Ich fühle mich so toll! Als ob ich etwas in Ordnung gebracht hätte. Dieses eine Mal habe ich etwas getan, statt auszuweichen. Elizabeth, hast du mich gesehen?»

Elizabeth gab keine Antwort. In der Raststätte ging sie zur Toilette, während Chris und Faith sich in eine Eßnische setzten und bestellten. Als Elizabeth zurückkam, setzte sie sich nicht. «Laßt uns zurückfahren», sagte sie.

«Wir haben dir einen Hamburger bestellt», sagte Faith. «Willst du den nicht? Was ist los?»

«Ich finde nur den Gedanken schrecklich, daß Vicki in diesen Lastwagen eingesperrt ist.»

«Mach dir keine Sorgen», meinte Faith kühl. «Die paar Minuten werden ihr nicht schaden.»

«Ich kann einfach nicht begreifen, daß wir das getan haben», sagte Elizabeth und setzte sich. «Ich meine, ich will mich nicht entschuldigen. Ich habe auch mitgemacht. Aber es ist beängstigend. Wir halten uns für vernünftige Menschen, glauben, uns einigermaßen unter Kontrolle zu haben, und dann machen wir so was. Ich meine, wir haben die Kontrolle verloren!»

«Was hatten wir denn für eine Wahl?» fragte Chris. «Vergeßt nicht, worum es hier geht. Wir haben uns alle Mühe gegeben. Wir haben sie geradezu angefleht, den Artikel seinzulassen. Wir haben argumentiert. Wir haben gebettelt. Wir haben uns heiser geredet. Und dann sind wir ausgerastet.»

«Stimmt», sagte Faith. «Und das hat gut getan.» Sie schwenkte ihr Burgersandwich. «Meine Therapeutin sagt mir immer, ich sollte meinen Zorn zum Ausdruck bringen, aber bei ihr durfte ich immer nur auf Kissen einschlagen.»

Auf dem Rückweg redeten sie nicht viel. Chris dachte an Vicki. Vielleicht taten sie das alle. Sie würde vor Wut außer sich sein. Er war froh, daß sie daran gedacht hatten, ihr etwas zu essen mitzunehmen. Eine Friedensgabe. Das würde ihr zeigen, daß sie ihr nicht feindlich gesinnt waren. Denn nach dieser Geschichte würden sie noch miteinander reden müssen, oder?

Er hatte wirklich nicht damit gerechnet, daß es so kommen würde. Was sie getan hatten, konnte als Gewalttätigkeit bezeichnet werden. Es war Gewalttätigkeit. Sie hatten sie mißhandelt und in den Lastwagen gesperrt. Aber die wirkliche Frage war, was nun? Würde Vicki jetzt ihre Ansicht ändern? Oder würde sie verrückter und sturer sein denn je?

Faith hielt in der Nähe des Lastwagens.

«Vicki», rief Chris und sprang heraus. «Wir sind wieder da, Vicki! Wir sind wieder da!»

Und dann sahen sie die offene Lastwagentür.

30

Der Wind schob Vicki vor sich her. Die nassen Bäume raschelten und bebten wie Farn. Ihr Bein brannte an der Stelle, wo sie sich verletzt hatte, ebenso wie ihr Arm. Sie leckte sich das Blut ab.

Sie stolperte mehrmals. Als sie die Scheinwerfer sah, ließ sie sich zu Boden fallen. Als der Wagen vorüberfuhr, konnte sie Chris am Fenster erkennen.

«Hallo?» rief Mrs. Roos aus ihrem Zimmer, als Vicki hereinkam.

«Hallo!» Vicki rannte die Treppe hinauf.

Sie brauchte keine fünf Minuten zum Packen.

Sie trug leise ihre Reisetasche und den Rucksack die Treppe hinunter. In Mrs. Roos' Teil des Hauses hörte sie den Fernseher laufen.

Auf dem Weg zum Busbahnhof sah sie sich immer wieder um. Ihr Herz hörte einfach nicht zu hämmern auf. Sie blieb nur einmal stehen, um den an Sonia adressierten Briefumschlag in den Briefkasten zu werfen.

Am Busbahnhof studierte sie den Fahrplan. Der nächste Bus nach Vermont würde erst am nächsten

Morgen gehen. In einer halben Stunde fuhr ein Bus nach Oneonta. Sie kaufte sich eine Fahrkarte. Das war nur ein Stück von ihrem Heimweg, aber wenigstens kam sie hier heraus. Sie konnte aus Oneonta ihre Mutter anrufen, und die würde sie abholen.

Sie setzte sich auf einen der Plastiksitze. Eine Handvoll müde aussehender Menschen saß da mit ihren Bündeln und Koffern. Vicki überlegte sich, wie Reporter immer Flugplätze aufsuchten, um irgendwen zu treffen. Sie gingen nie in Busbahnhöfe. Hier gab es keine wichtigen Leute. Aber was interessierte sie das überhaupt? Sie war keine Reporterin oder Praktikantin mehr. Das war aus und vorbei.

Ehe sie in den Bus stieg, kaufte sie sich eine Ladung Schokoriegel. Sie fand einen Fensterplatz und aß dann einen nach dem anderen. Die Reifen hörten sich auf der Autobahn an wie Reißverschlüsse. Gute Beschreibung. Sie würde Chris gefallen. Ob er auch nur ein wenig traurig sein würde, wenn er entdeckte, daß sie nicht mehr da war? Sie bückte sich und betrachtete ihr Bein. Das sah übel aus. Das Blut war in ihrer Socke geronnen.

Ihr gegenüber stieß ein großer Junge in Joggerhose und rosa Hemd freundliche Geräusche aus. Er war mit einem Basketball und einer roten Sporttasche in den Bus gekommen. Er war ihr aufgefallen, weil er so groß war.

Sie schloß die Augen. Es würde guttun, nach Hause zu kommen. Nicht mehr so tun, als ob. Nicht mehr fürchten müssen, das Falsche gesagt oder einen falschen Zug gemacht oder an der falschen Stelle gelacht zu haben. Nicht mehr bei allem, was sie tat, kritisiert werden, sogar dann, wenn sie wirklich nur versuchte, ihre Arbeit zu tun.

Sie hatten sie als Klatschjournalistin bezeichnet. Irgendwer hatte sie Opportunistin genannt. Ein neues Wort, aber keine Bange, Elizabeth hatte es genau erklärt. «Eine Opportunistin, Vicki, nutzt jede Situation aus, ohne auf irgendwen Rücksicht zu nehmen. Freundschaft bedeutet einer Opportunistin nichts, Moral bedeutet nichts, Ethik bedeutet nichts.»

«Hchmmmm …» Der Riese mit dem Basketball unter dem Arm beugte sich zu ihr herüber. «Hast du's weit?» Er ließ sich auf den Sitz neben ihr fallen. «Ich bin Kevin. Das ist der tollste Sommer meines Lebens. Ich fahre in ein Basketball-Lager.» Er zog seine Goldkette gerade. «Zuerst besuche ich meine Tante in Oneonta, dann gibt's zwei Wochen Basketball.»

«Klasse.»

«Bei meiner Größe und meinen Fähigkeiten muß ich doch ein Sportstipendium und wer weiß was sonst noch alles kriegen können!»

«Super.» Sie schloß die Augen, riß sie aber sofort wieder auf. Ihr war schlecht. Die ganzen Schokoriegel. «Geh lieber weg», sagte sie zu Kevin. Seine Knie waren riesig, sie waren wie ein Zaun, der sie einschloß.

«Weggehen?» fragte er. «Das ist nicht nett von dir.»

Der Bus schaukelte und schlingerte, und ihr Magen schlingerte mit. «Ich muß mich erbrechen», sagte sie, und dann tat sie es. Jetzt verließ er den Sitz neben ihr. Sie wischte sich den Mund mit einem Papiertaschentuch und bückte sich dann, um den Boden abzuwischen.

«Sieh mal, was du angerichtet hast!» Er stand im Mittelgang und zeigte auf seine verschmutzten weißen Turnschuhe. Er riß ihr ein Papiertaschentuch aus der Hand. Während der restlichen Fahrt starrte er sie immer an, wenn sie aufblickte.

Kurz vor Mitternacht erreichten sie Oneonta. Als Vicki aus dem Bus stieg, stieß Kevin sie hart an, mit Absicht. Ob die ganze Welt sie haßte? Im Busbahnhof floh sie auf die Damentoilette. Sie spülte sich den Mund aus, fuhr sich mit den Fingern durch die Haare und wusch sich Bein und Arm.

Eine Frau in enger schwarzer Hose und weitem Oberteil trug gerade vor dem Spiegel Lidschatten auf. Ihre Kosmetikartikel waren auf dem Beckenrand ausgebreitet. Irgend etwas an ihr erinnerte Vicki an ihre Mutter, vielleicht die Art, wie sie ihr Make-up auftrug.

«Meinst du, das bringt irgendwas?» fragte die Frau, die im Spiegel Vickis Blick begegnete. «Ich glaube, es ist hoffnungslos. Ich werde mich einfach ins Auto setzen und nach Hause fahren. Mich sieht ja doch niemand.»

Vicki probierte ein Lächeln. Sie setzte sich auf die Fensterbank. Wollte sie wirklich ihre Mutter anrufen? Und wenn jetzt Nelson abnahm? Wollte sie ihn bitten, sie mitten in der Nacht hier abholen zu kommen? Es war sehr weit bis Vermont. Aber das machte ihr im Grunde keine großen Sorgen. Was sollte sie ihrer Mutter sagen? Wie sollte sie erklären, daß sie ihren Job, das Praktikum, Scottsville und alles, was das bedeutete, aufgegeben hatte?

Die anderen hatten sich gegen sie zusammengerottet. Was würde ihre Mutter sagen? Was, wenn sie nicht auf Vickis Seite war? Was, wenn sie sagte, Wegrennen sei das Eingeständnis, daß die anderen im Recht waren und Vicki im Unrecht? *Du hast aufgegeben, Vicki. Wenn du geglaubt hast, recht zu haben, dann hättest du es auskämpfen müssen.*

Vicki ließ sich gegen die Wand fallen. Sie hatte doch nur eine hervorragende Praktikantin sein wollen. Sie hatte sich immer für so reif, so verantwortungsbewußt gehalten. Aber sie schien nur die falschen Entscheidungen treffen, Fremde bekotzen und sich selber leid tun zu können. War es möglich, eine reife Vierzehnjährige und eine unreife Vierzehnjährige gleichzeitig zu sein? Von den vier Praktikanten war sie die einzige, die so ein blödes Ende genommen hatte. «Warum sind alle gegen mich?» fragte sie.

«Was, Liebes?»

Sie hatte die Frau in der engen Hose vergessen.

«Alle sind gegen mich. Meine Freunde … sie glauben, ich sei im Unrecht. Sie haben mit mir … ach, ich weiß nicht …»

«Was haben sie mit dir gemacht?» fragte die Frau.

Vicki war so müde, daß sie kaum wußte, was sie sagte. «Ich mußte weg», sagte sie. «Ihretwegen.»

«Weißt du was, Liebes.» Die Frau stand da und gestikulierte mit dem Wimperntuschepinsel. «Niemand kann dich zu etwas zwingen. Egal, wie schlimm alles in einem bestimmten Moment aussieht, was du tust, ist deine Wahl.»

Vicki nickte höflich. Wahl? Was hatte sie denn für eine Wahl? Sie hatte sich nicht dafür entschieden, wegzulaufen. Sie hatten sie weggejagt. Und was sollte sie jetzt machen? Nach Hause gehen und ihrer Mutter gegenübertreten? Das wollte sie nicht. Zurückfahren und den anderen gegenübertreten? Das wollte sie nicht. Mr. Martin und Sonia hatten so an sie geglaubt. Was würden sie jetzt von ihr denken? Wahl? Nein, sie hatte keine Wahl.

«Kommst du zurecht, Liebes?» fragte die Frau. Sie stopfte ihre Kosmetiksachen in eine kleine geblümte Tasche. Sie streichelte Vickis Schulter.

Vicki hörte, wie sich die Tür öffnete und wieder schloß. Sie war allein. Sie blieb einen Moment sitzen, dann rannte sie hinter der Frau her.

31

«Ja, zum Henker», sagte Chris. Sie standen alle in Vickis leerem Zimmer. «Sie hat ja nicht mal einen Zettel hinterlassen.»

Ihr überstürzter Aufbruch war überall zu sehen. Leere Kleiderbügel im Schrank, herausgezogene Schreibtischschubladen. Er setzte sich aufs Bett. Er war so sicher gewesen, daß sie hier sein würde, daß sie auf sie warten würde und daß sie auf irgendeine Weise wieder ins Gespräch kommen würden. Sollte Vicki sie verfluchen. Er konnte nicht leugnen, daß sie einiges gegen die anderen vorbringen konnte. Sollte sie doch alles erst mal loswerden. Dann könnten sie vielleicht alle anfangen, sich wieder vernünftig zu benehmen.

Faith ging nach unten, um sich zu erkundigen, ob Mrs. Roos irgend etwas wüßte.

Elizabeth hatte sich in einen Sessel fallen lassen.

«Was ich nicht raffe», sagte Chris, «ist: warum?»

«Ich nehme an, sie war ein bißchen außer sich», meinte Elizabeth.

«Vielleicht wollte sie sich ein anderes Zimmer suchen», sagte er. «Weißt du, sie konnte den Gedanken nicht mehr ertragen, mit uns zusammenwohnen zu müssen.»

«Oder vielleicht ist sie nach Hause gefahren.»

«Verdammt», sagte er. «Meinst du, das wäre ihr zuzutrauen? Einfach den Rest des Sommers hinzuschmeißen? Das würde wirklich alles ruinieren.»

«Mich würde das nicht überraschen. Vicki macht nie halbe Sachen.»

«Und wir auch nicht», sagte er mit einer Grimasse. «Weißt du, was es bedeutet, wenn sie nach Hause gefahren ist? Das bringt Sonia auf den Kriegspfad. Verhör und so. Und dann sollten wir ihr lieber einige gute Antworten auftischen können.»

«Wie wäre es mit der Wahrheit?» fragte Elizabeth.

«Das bedeutet alles», antwortete er. «Inklusive Faith.»

«Ich weiß.»

«Was haben wir also erreicht?»

Elizabeth musterte ihn scharf. «Muß ich diese Frage wirklich beantworten? Ganz sicher? Was wir erreicht haben? Nichts.»

Chris schaute noch einmal in den Schrank und durchsuchte die leeren Schubladen. Vielleicht hatten sie etwas übersehen. Aber er fand nur ein Chaos von Staub und Bonbonpapieren und einigen Gummibändern in der obersten Schublade.

Faith berichtete, daß Mrs. Roos vor weniger als einer Stunde mit Vicki geredet hätte. «Sie wußte nicht einmal, daß Vicki weg ist.»

Sie sahen einander an und wußten nicht so recht, was sie jetzt tun sollten. «Chris meint, daß Vicki sich vielleicht ein neues Zimmer sucht», sagte Elizabeth, «aber ich finde, wir sollten im Busbahnhof nachsehen.»

«Also los», sagte Faith.

Chris beschloß, im Haus zu bleiben, nur für den Fall, daß Vicki zurückkam oder anrief. Als er allein war, kam ihm plötzlich der Gedanke, Vicki könnte oben auf seinem Zimmer sein. Das würde ihr ähnlich sehen. Sie alle aus der Fassung zu bringen – und sich zu verstecken. Er rannte nach oben. «Vicki?» Das Zimmer war leer. Er setzte sich hin und starrte aus dem Fenster. «Vicki, das war doch nicht nötig. Es war alles nicht so gemeint. Wir mögen dich alle. Vielleicht ist es ja gerade deswegen. Wir wollten nicht, daß du etwas tust, was die Freundschaft von uns vieren zerbricht.»

Er unterbrach sich. Was nutzte das denn schon? «Tut mir leid», sagte er laut, als ob Vicki mit ihm im Zimmer stünde oder irgendwo zuhörte. «Tut mir leid, daß alles so weit gekommen ist. Tut mir leid, daß wir dich eingeschlossen haben. Vielleicht glaubst du mir nicht, aber ich bin … kannst du mich hören, Vicki? Vicki, wo bist du?»

Er mißtraute sich selber. War er ehrlich, oder war das alles nur Show? Wollte er sich einfach reinwaschen? Denn, ganz ehrlich, im tiefsten Herzen wurde er ziemlich feige, wenn er daran dachte, daß er das alles Sonia und Mr. Martin erklären müßte und dann vielleicht seinen Job verlieren würde und alles und seinem Vater eine Erklärung liefern müßte.

Er verabscheute sich wegen dieser Furcht. Er wollte sie wegreißen und etwas Vertretbares finden. Ein Gefühl, das er akzeptieren konnte, ein echtes Gefühl, das mit ihm zu tun hatte.

Aber was, wenn er nichts fand?

Nein, es mußte etwas geben.

Er schloß die Augen, kniff sie zusammen, versetzte sich auf die Holzfällerstraße, versetzte sich in den Lastwagen. Zuerst spürte er nur sich selber, bemerkte die Lichter, die sich hinter seinen geschlossenen Augen bewegten. Was machte er denn hier, posierte er wie ein Kind, das sich die Augen zuhielt?

Und dann passierte es. Er konnte ein wenig spüren, wie sehr sie sich gefürchtet haben mußte. Er spürte, wie es sich in ihm verbreitete. Die Angst. Allein zu sein. Nicht zu wissen, wohin sie gefahren waren. Oder wann sie zurückkommen würden. Oder ob sie überhaupt zurückkommen würden.

Und nun kam auch die Angst um sie, die jetzt irgendwo draußen in der dunklen Nacht war.

32

Als sie auf ihrer Reisetasche am Rande einer Einkaufszone saß, hatte Vicki viel Zeit zum Nachdenken.
Alles, was an diesem Abend geschehen war, schien vor
langer Zeit passiert zu sein. Sie hatte ein seltsames
Gefühl. Sie kam sich vor ... sie wußte nicht, wie sie
sich vorkam. War es wirklich erst sechs Stunden her,
daß Faith gesagt hatte: «Kommt, wir essen ein Eis.» Es
kam ihr vor wie ein ganzes Leben.

Christine, die Frau vom Busbahnhof, hatte Vicki
hier vor dieser kleinen Einkaufszone abgesetzt. Sie sah
aus wie die letzte Station vor dem Nichts. Christine
hatte gesagt, daß hier gegen Mitternacht ein Bus nach
Albany hielte.

Vicki blickte auf ihre Uhr. Gar so lange brauchte sie
nicht mehr zu warten. Sie wanderte von einem Ende
der Einkaufszone im Niemandsland zum anderen und
sah sich die halberleuchteten Fenster der geschlossenen Läden an. Und in jedem Fenster sah sie eine
andere Szene. *Vicki springt aus dem Auto ... Vicki
wird gejagt und gepackt ... Vicki wird zu Boden
geschlagen ... Vicki wird wie ein Müllsack in den Lastwagen gestopft ...*

Es war wie Filmszenen, aneinandergereihte Filmszenen. *Vicki tritt das Fenster ein ... Vicki rennt ... Vicki
im Bus und Vicki im Auto mit Christine ...*

Und was jetzt? Wie endete der Film? Was kam als
nächstes? Zuhause und ein glückliches Wiedersehen?
Glücklich? Ein schlimmer Gedanke drängte sich ihr

auf: Ihre Mutter war daran schuld, daß sie in diesen Schlamassel geraten war. Ihre Mutter hatte gewollt, daß sie sich um dieses Praktikum bewarb. Ihre Mutter hatte es richtig gefunden, ein falsches Alter anzugeben. Ihre Mutter hatte gesagt, hier kommt deine Chance, Süße. Vicki hätte es nicht getan, nichts davon, wenn ihre Mutter sie nicht bedrängt hätte.

Bei der Wahrheit bleiben. Sie hatte es genossen, hatte es genossen, daß ihre Mutter zu ihr hielt, hinter ihr stand. Immer auf Vickis Seite war. Aber wenn sie sich jetzt überlegte, wie ihre Mutter hinter ihr gestanden hatte ... als ob jemand sie anstieße.

Autos fuhren vorbei, und ab und zu huschten ihre Scheinwerfer über sie hin. Die Beine taten ihr weh. Die Wunden brannten. Sie war müde, sie war verletzt, ihr war schlecht gewesen. Sie fühlte sich elend und wütend. Wütend auf die anderen. Wütend auf ihre Mutter. Und auch wütend auf sich selber ... Weil sie hier war und noch immer nicht wußte, was sie tun sollte, wohin sie jetzt wollte.

Nach Hause oder zurück nach Scottsville? Was war richtig? War beides richtig? Sie wußte nicht mehr, was richtig war und was nicht. Bisher hatte sie keinerlei Zweifel verspürt. Oder vielleicht ein wenig. Ein Teil von ihr hatte einfach nur gewinnen wollen, sich durchsetzen, ihren Willen bekommen, das tun, was sie tun wollte.

Und wenn sie nun im Unrecht war? Und die anderen im Recht? Würde sie das allen eingestehen müssen? Könnte sie das? Und wenn sie im Unrecht war, war das, was die anderen ihr angetan hatten, dann richtig?

Sie hielt Ausschau nach den klar erkennbaren Scheinwerfern des Busses. Ein Auto hupte, irgendwer schrie ihr etwas zu, und sie wich zum Haus zurück, fort aus dem Licht. Der Wagen machte kehrt. Ein Mann sagte: «Ich habe dir doch gesagt, es ist ein Mädchen.»

Und sie rannte los.

33

Als das Telefon schellte, fuhren die drei zusammen. Chris war als erster am Apparat. «Hallo? Vicki?»

«Chris?» fragte sie. Die Verbindung war schlecht. «Kommst du mich holen?» hörte er sie fragen, dann war ihre Stimme verschwunden.

«Wo bist du?» fragte er. «Sprich lauter.»

«West Old Knee.»

«West Old Knee? Wo ist das denn?»

«West Olney. In New York. Hast du eine Karte? Es liegt an der Route 8.»

«In New York? Wie bist du denn da gelandet?»

«Ist doch egal. Aber es ist ziemlich scheußlich hier. Nur eine Telefonzelle. Kommst du sofort?»

«Wir kommen alle.»

«Nein, nur du», sagte sie. Sie hängte auf. Er hatte ihr nicht einmal sagen können, daß ihnen alles leid tat und daß die Suche nach ihr sie schon verrückt gemacht hatte.

Von Scottsville nach West Olney schien es etwas länger zu sein, als es auf der Karte aussah. Faith hatte ihm ihre Autoschlüssel gegeben. Es war nicht einmal sehr weit vom Haus von Chris' Eltern, aber er hatte noch nie von diesem Ort gehört. Während der letzten Stunde fuhr er über eine kurvenreiche zweispurige Landstraße, und immer wieder fielen ihm die Augen zu. Mehrere Male schlug er sich ins Gesicht, um wach zu bleiben.

Es war schon fast vier Uhr morgens, als er die Kreuzung von West Olney fand, einige kleine dunkle Gebäude an jeder Ecke. Vor einer dunklen Tankstelle war die Telefonzelle, Vicki aber war nicht zu sehen.

Er blieb für einen Moment hinter dem Lenkrad sitzen, fast zu müde zum Nachdenken. Ob Vicki mit irgendwem gefahren war? Konnte ein anderes Auto sie aufgelesen haben? Er fuhr mehrmals auf der Kreuzung hin und her und ließ das Scheinwerferlicht über die verschlossenen Gebäude huschen.

Schließlich stieg er neben der Telefonzelle aus dem Auto. Dann lehnte er sich halb dösend eine Weile daran an. Vielleicht schlief er auch für einen Moment. Er fuhr mit dem Gedanken hoch, daß Vicki vielleicht tot hinter dem Haus lag.

Er suchte sich zwischen Bergen von Reifen und Unkraut seinen Weg. Ein Metallkanister stank nach Öl. Die Toilettentür war angelehnt, und er stieß sie mit dem Fuß auf. «Vicki?» fragte er vorsichtig.

Hinten im Haus rief er noch einmal ihren Namen. Etwas, ein Umriß, löste sich aus der Dunkelheit.

«Vicki?»

«Chris?» fragte sie. «Warum hast du so verdammt lang gebraucht?»

34

«Na los», sagte Chris. «Ins Auto mit dir.»

Er kommandierte sie herum. Kaum sah er sie, erteilte er ihr auch schon Befehle.

«Warum hast du nicht vorne gewartet? Weißt du, daß ich fast wieder gefahren wäre? Meine Eltern wohnen hier in der Nähe, und ich wollte hinfahren und schlafen. Und was hättest du dann gemacht?»

Sie wollte erklären, daß es dunkel war und daß sie sich hinten im Haus sicherer gefühlt hatte, aber Chris hörte nicht mehr zu.

«Du fährst», sagte er.

«Nein, tu ich nicht.» Sie warf ihre Reisetasche in den Kofferraum, dann knallte sie den Deckel zu.

«Vicki, fang jetzt nicht so an.» Er schlug mit den Schlüsseln gegen den Wagen. «Ich bin kaputt. Ich bin stundenlang gefahren. Jetzt bist du an der Reihe.»

«Ich habe keinen Führerschein», sagte sie und dachte an den erniedrigenden Moment, als er Faith und Elizabeth ihr Alter genannt hatte. Vierzehn. Als ob das irgendwas erklärte!

Sie setzte sich auf den Beifahrersitz und knallte mit der Tür.

Er setzte sich hinters Steuerrad und knallte ebenfalls mit der Tür. Beide schwiegen.

Ach, ist es nicht toll, dachte Vicki. Von dem Moment an, als sie Chris angerufen hatte, hatte sie Angst gehabt, noch einen Fehler gemacht zu haben. Aber was hätte sie sonst tun sollen? Sie war von der öden Einkaufszone weggelaufen, hatte sich an der Straßenseite gehalten, ihr Gepäck hinter sich hergezogen und sich jedesmal, wenn ein Auto vorbeigekommen war, in den Straßengraben fallen lassen. Die Kreuzung von West Olney war ihr wie der Himmel vorgekommen, als sie die Telefonzelle gesehen hatte. Aber warum hatte sie nicht ihre Mutter angerufen? Warum Chris?

Immer wieder fielen ihr die Augen zu. Sie erwachte, als der Wagen anhielt. Sie befanden sich vor einer rund um die Uhr geöffneten Gaststätte. «Kaffee», sagte er. Ihre Hand lag schon auf der Tür, als er sagte: «Weißt du, daß du noch nicht mal danke gesagt hast?»

«Wofür?»

«Weil ich diesen ganzen langen Weg gefahren bin.»

Das war zuviel für sie. «Ich nehme an, ich sollte auch dankbar dafür sein, daß ihr mich verschleppt und eingesperrt habt?»

«He!» schrie er. «Das tut mir leid. Können wir das vergessen?» Er ging in die Raststätte.

Sie ließ sich auf dem Sitz zurückfallen und schloß die Augen. Die Wunde an ihrem Bein pochte, die an ihrem Arm brannte. Sie konnte nicht fassen, daß sie Chris je gemocht, ihn sogar geliebt hatte.

35

Chris ließ sich in eine Eßnische fallen und starrte die Speisekarte an. Die Karte, sollte wohl originell sein. UNSER SPITZENSTEAK. BRINGT ALLES IN ORDNUNG, WAS BEI IHNEN NICHT KLAPPT … DIE BESTEN EIER VON ALLEN IN DEN GANZEN US VON A.

Eine Kellnerin stand an seinem Tisch. Er bestellte, dann lehnte er sich zurück und schloß die Augen. Er schlief wahrscheinlich nicht mehr als zehn Minuten, aber es reichte, um von Joanna und einem Kind in ihrer Klasse zu träumen, das etwas über den Akzent ihres Vaters sagte. Joanna weinte, und Chris nahm sie in den Arm und sagte: ‹Kümmer dich nicht um die Dussel, Schätzchen.›

Dann öffnete er die Augen und sah Vicki, die ihm gegenübersaß und das Brot aß, das er sich bestellt hatte. «Dein Sitzbezug ist zerrissen», war ihre Begrüßung, und dann biß sie wieder zu.

«Ob ich wohl mein Brot haben könnte, Vicki?»

Sie schob ihm den Teller zu. Er bemerkte die lange rote Schramme an ihrem Arm. «Was ist das?»

«Ein Andenken an einen unvergeßlichen Abend, den mir meine drei besten Freunde beschert haben.»

Chris trank seinen Kaffee. «Der schmeckt wie Sumpfschlamm … Vielleicht sollte sich irgendwer deinen Arm ansehen. Du willst doch keine Infektion riskieren.»

«Vielleicht solltest du die Klappe halten.» Die Kellnerin kam vorbei, und Vicki sagte: «Könnte ich wohl Blaubeerkuchen mit Pistazieneis haben, bitte?»

«Niemand ißt Blaubeerkuchen mit Pistazieneis», sagte er zur Kellnerin. «Sie meint Vanille.»

«Pistazie», sagte Vicki. Und dann, mit einem Blick auf ihn: «Wenn dir das recht ist, *Liebster.*»

«Wenn du darauf bestehst, *Liebling.* Ich nehme noch eine Tasse Kaffee», sagte er zur Kellnerin.

«Er findet Ihren Kaffee wunderbar», sagte Vicki. «Nicht wahr, *liebes Herz?*»

«Du kennst mich in- und auswendig, *Süße.*»

Als die Kellnerin ging, feixten sie einander halbherzig zu.

Dieser kleine Wortwechsel, fand Chris, war fast wie einige der Spiele, die sie im Sommer gespielt hatten, bei denen sie hart und cool sein und herausfinden wollten, wie ekelhaft sie sich benehmen konnten. Einen Moment lang war es fast, als ob nichts passiert wäre, als ob sie bei Maxie säßen und nach dem Essen aufstehen und zu Mrs. Roos zurückgehen würden.

Dann fragte Vicki: «Und bist du jetzt bereit, mich nach Vermont zu fahren?»

«Vermont? Kommt nicht in die Tüte.»

«Ich will nach Hause.»

«Du hast mich kommen lassen, um dich nach Vermont zu fahren? Das könnte dir so passen. Ich fahre zurück nach Scottsville.»

«Nicht mit mir, so nicht.»

«Schön, dann fahre ich dich zum nächsten Busbahnhof, und da kaufst du dir eine Fahrkarte. Hast du genug Geld? Sonst leihe ich dir welches.»

«Ich bin zu wütend, um nach Scottsville zurückzufahren. Ich wäre fähig dazu, jemanden umzubringen.»

«Mich, möchte ich wetten.»

«Genau. Dich. Euch alle, aber vor allem dich.»

«Das ist unfair. Warum mich? Ich bin hergekommen, um dich zu holen. Und ich habe mich entschuldigt.»

«Schöne Entschuldigung», murmelte sie.

«Vicki, es tut mir leid», sagte er. «Ich weiß wirklich nicht, wie ich das sonst noch sagen soll. Es war ein Versehen. Das kann uns allen passieren.» Er sah sie an, ihre Nase war ein bißchen rot, und ihre Augen füllten sich mit Tränen, und er dachte, daß er sich hinüberbeugen und sie küssen könnte. Ein Friedensangebot. Aber wahrscheinlich würde sie das falsch auffassen.

«Ihr haßt mich alle», sagte sie.

«Vicki, von Haß kann nicht die Rede sein. Du weißt, wie Faith zumute ist. Und Elizabeth möchte Faith beschützen. Und ich finde, daß Journalismus besser angewandt werden sollte, vor allem von jemandem, der so begabt ist wie du.» Der Kaffee tat seine Wirkung. Er genoß diese Analyse. «Das Problem, Vicki, ist, daß wir hassen, was du tun willst, nicht dich. Also komm zurück. Niemand denkt jetzt wirklich noch groß an die Geschichte als solche.»

«Woher stammt diese Information, Chris? Niemand denkt an die Geschichte? Nach allem, was ihr heute nacht gemacht habt? Niemand denkt an diese Geschichte? Das ist ein toller Spruch, Chris. Als nächstes sagst du dann: Was soll die ganze Aufregung? Das sagst du doch immer über alles.»

«Ich möchte heute nacht meine Redegewohnheiten nicht diskutieren, wenn du nichts dagegen hast. Reden wir lieber über Wichtigeres. Wohin fahren wir, wenn wir von hier aufbrechen?»

«Nach Hause.»

«Und das ist?»

«Vermont.»

Er wartete einen Moment. «Was soll ich Sonia sagen?»

«Vergiß es», sagte sie. «Ich will doch nicht nach Vermont.» Sie griff nach einer Serviette und verbarg damit ihr Gesicht. «Ich weiß nicht ... ich weiß nicht, ob ich wirklich ... ich kann mich nicht entscheiden ... müde. Hab alles satt. Leute, die mich umbringen wollen, bloß, weil ich meine Arbeit mache.»

Christ hämmerte den Salzstreuer mitten auf den Tisch. «Vicki! Das bist du!»

Sie lugte hinter der Serviette hervor.

«Und hier ist Scottsville.» Er stellte die Zuckerschale vor sie hin. «Und das ...» Er hob die Ketchupflasche hoch. «Ist Vermont.» Er schob die Flasche ans Ende des Tisches. «Wohin willst du nun also, nach Sugarville oder nach Ketchup City?»

Langsam näherte sie den Salzstreuer der Zuckerschale.

«Gut. Salzstreuer nach Sugarville.»

«Nein, warte.» Sie stellte den Salzstreuer neben die Ketchupflasche.

«Ketchup City? Den ganzen Weg nach Vermont?»

Sie schüttelte den Kopf.

Wollte sie angefleht werden, zurückzukommen? Okay, er würde flehen. Er war nicht stolz. Es war wichtig für alle, daß sie zurückkam. Von Anfang an waren sie zu viert gewesen, und auch am Ende sollten sie zu viert sein.

«Vicki, komm zurück. Alle wollen, daß du zurückkommst. Niemand haßt dich. Der Artikel interessiert niemanden mehr. Wir machen alle Fehler, und es tut uns allen leid.»

«Ich habe ihn an Sonia geschickt», sagte sie.

«Was denn?»

«Meinen Artikel.»

«Du hast ihn geschickt?» Er konnte spüren, wie ein blödes Lächeln seine Lippen zittern ließ. «Du hast den Artikel geschickt? Warum zum Teufel hast du das getan?»

«Was hätte ich denn sonst damit tun sollen? Ich habe ihn geschrieben, also habe ich ihn an die Redaktion geschickt.»

Er trank den restlichen Kaffee, komplett mit Kaffeesatz. Was für ein Chaos. Wo hatte es angefangen? Wo würde es enden? Es war wie eine dieser verknoteten Schnüre, die sich niemals auflösen ließen. Sie hatten soviel Mist durchgemacht, und jetzt befand der Artikel sich in Sonias Händen oder würde sich in ungefähr vier Stunden dort befinden, wenn die Post im Nachrichtenraum verteilt wurde.

«Ich wollte es nicht», sagte sie. «Vielleicht hätte ich es nicht getan … ich hätte es mir vielleicht anders überlegt … aber dann habt ihr alle …»

«Nein, du hast es getan, Vicki. Uns kannst du keine Vorwürfe machen.» In seiner Stimme lag keine große Überzeugung. Vielleicht hatte sie recht. Vielleicht hätte sie den Artikel nicht geschickt, wenn sie geduldiger gewesen wären, wenn sie versucht hätten, sie zu überzeugen, wenn sie das benutzt hätten, womit sie angefangen hatten – ihren Verstand.

Ihr Kopf sank auf ihre Arme. «Wohnen deine Eltern wirklich hier in der Nähe? Warum fahren wir nicht hin?»

Ein perfekter Abschluß für eine perfekte Nacht. Er hörte schon seinen Vater: *Was machst du hier, Christos? Warum bist du nicht bei der Arbeit? Wer ist dieses Mädchen? Benimmst du dich immer so, wenn du nicht zu Hause bist?* Sein Vater würde erst ihn, dann Vicki ansehen, und er wußte, was sein Vater denken würde: Was für eine Sorte Mädchen verbringt die ganze Nacht mit einem Jungen im Auto?

Aber was hatte das schon zu sagen? Warum dachte er überhaupt an seinen Vater?

Er dachte überhaupt nicht. Er war einfach kaputt, erschöpft.

Der Artikel war in der Post. Darum ging es doch. Die Geschichte war in ... Und Vicki konnte sich nicht entschließen, wohin sie wollte. Und warum machte ihm das etwas aus? Die Geschichte war in ...

Es war kein Thema mehr. Sonia würde sie drucken oder auch nicht.

Okay, sie würden zu seinen Eltern fahren, sie würden eine Runde schlafen, und dann konnte Vicki entscheiden, wohin sie morgen wollte. Und das war heute, nur später.

.

36

Es wurde langsam hell. Blumen, kleine Beete, ein Picknicktisch. Vicki sah sich um. Sie konnte das Haus der
Georgiades gerade noch erkennen. «Das ist hübsch»,
flüsterte sie Chris zu. Die Straße war still. Sie folgte
Chris über die Einfahrt ins Haus.

«Pst», sagte Chris und schloß hinter sich die Tür,
aber gleich darauf rief jemand von oben: «Wer ist da?»
Chris' Vater im Schlafanzug erschien oben auf der
Treppe. «Bist du das, Christos?» fragte er und schaute
hinunter.

Dann wurde alles sehr verwirrend. Chris' Mutter
stürzte die Treppe herunter und rief dabei seinen
Namen. Sein Vater folgte langsamer. Sie umarmten
ihn beide und überschütteten ihn mit Fragen. Was er
hier machte? Warum er nicht angerufen hatte. Vicki
wich zurück, fühlte sich schüchtern und fehl am Platze.

Chris stellte sie vor. Seine Eltern sahen sie an und
wiederholten ihren Namen; seine Mutter streichelte
ihre Hand. In der Küche servierte Chris' Mutter ihnen
Apfelsinensaft und Brötchen. Chris fing an, über
Vickis mitternächtlichen Anruf zu erzählen. «Du
weißt doch, wo Little Olney ist, Pop?» Chris kippt
mit dem Stuhl zurück.

«Nein, weiß ich nicht. Du wirst den Stuhl noch
kaputtmachen.»

«Jetzt weiß ich, daß ich wieder zu Hause bin.»
Chris sah Vicki an. «Wie bin ich bloß all diese Wochen
lang ausgekommen, ohne daß mein Vater mir gesagt

hat, wie man auf einem Stuhl sitzen muß?» Er griff nach seinem Brötchen. «Greif zu, Vicki.»

Seine Eltern konnten ihre Blicke nicht von ihm abwenden. Seine Mutter streichelte ihn immer wieder und schob ihm das Essen hin. Sein Vater mußte ihn einfach immer wieder herausfordern. «Ich begreife nicht, wieso du mitten in der Nacht durch die Gegend hetzt. Warum hast du mich nicht angerufen? Ich hätte Vicki doch holen können.»

Vicki hatte viel über Chris' Vater gehört. Sie hatte ein Ungeheuer erwartet. Er war zwar ein bißchen grob mit Chris … aber sie konnte merken, daß sie einander im Grunde liebten – wie sie und ihre Mutter. Dieser Gedanke versetzte ihr einen Stich. In letzter Zeit war sie so wütend auf ihre Mutter gewesen.

Sie dachte an zu Hause. Jeden Morgen zerteilte ihre Mutter für die Kleinen Apfelsinen. Beim Gedanken daran bekam Vicki Heimweh. Sie wollte zu Hause sein, nicht hier. Aber dann setzten die Fragen wieder ein. Sollte sie nach Hause fahren? Oder zurück nach Scottsville? Rannte sie wohl weg?

Wieder drehte sich alles in ihrem Kopf. Der Artikel … Faith … was würde Sonia sagen? … Wieder Faith. Und schließlich: Was, wenn ich im Unrecht war?

Wo die Geschichte jetzt wohl war? Ob der Briefkasten schon geleert worden war? Ob der Artikel diesen Morgen zugestellt werden würde? Morgen aber sicher. Was, wenn Sonia ihn las und sagte: Meine Güte, was für ein Müll!

Sich Chris, Elizabeth und Faith gegenüber zu behaupten war eins, aber Sonia zu trotzen? Sie hatte die Erfahrung, sie war der Boß, sie war der Mensch, den Vicki bewunderte und dem sie nacheifern wollte.

Chris' Mutter schenkte Kaffee ein. «Das ist eine lange Geschichte», sagte Chris. Vicki nippte am Apfelsinensaft. Die Stimmen der anderen spülten über sie hinweg, lullten sie ein. Immer wieder döste sie weg und riß dann die Augen auf, um wach zu bleiben.

«Und was war hier so los, Pop?» hörte sie Chris fragen. Dann hörte sie ihn sagen: «Meine Pläne? Meinst du für mein Leben oder für die nächsten fünf Minuten?»

«Du bist ja sehr witzig geworden.»

«Pop, ich war immer schon amüsant.»

Typische Chris-Bemerkung, dachte Vicki und lächelte ihm kurz zu. Aber das bemerkte er nicht. Er und sein Vater hatten nur Augen füreinander.

Wieder hatte Vicki das seltsame unzusammenhängende Gefühl, daß ihr Leben in eine Folge von verlogenen kleinen Szenen zerfallen war. Und nun kam noch eine.

Niemand achtete überhaupt auf sie. Das gehörte auch zum Gefühl von Fremdheit, daß plötzlich alles, was mit ihr zu tun hatte, so ruhig war, so unwichtig.

Stundenlang war sie der hektische Mittelpunkt der Ereignisse gewesen, verängstigt, mißhandelt, verfolgt worden, hatte hinter diesem stinkenden Haus auf Chris gewartet – alles wie im Film. Und jetzt das, diese Szene, die sie hier beobachtete, diese hübsche, sichere, normale Küche, Chris, der mit seinen Eltern redete. Chris, der Mittelpunkt der Aufmerksamkeit.

«Wann fängst du mit der Arbeit an?» fragte sein Vater.

«Heute schaff ich's nicht pünktlich, Pop.»

«Ich dachte, dieser Sommerjob sollte dir etwas über die wirkliche Welt und darüber beibringen, wie man bei seinem Job bleibt.»

«Blaumachen», sagte Chris. Er lächelte und redete schnell. «Das schlimmste Verbrechen im Gesetz der Georgiades. Ich sag dir, was ich machen werde, Pop. Ich fahre.» Er stand auf. «Ich breche sofort auf. Wie spät ist es, sechs? Viertel nach sechs? Ich müßte in einer halben Stunde bei der Arbeit sein. Wenn ich jetzt losfahre, bin ich jedenfalls zur ersten Kaffeepause da.»

«Du fährst jetzt nicht», sagte seine Mutter. Sie zog ihn wieder auf den Stuhl. «Jetzt beruhige dich doch, dein Vater will nur, daß du tust, was richtig ist.»

«Weißt du was, Mom?» fragte Chris. «Es kommt mir so vor, als wäre überhaupt keine Zeit vergangen. Es ist wieder genau so wie zu Anfang des Sommers.»

«Wovon redest du?» fragte sein Vater. «Ruh dich aus, mein Sohn. Und dann fahr.»

Sie redeten weiter. Nichts war entschieden. Vicki nickte wieder einen Moment lang ein. Als nächstes merkte sie, daß sie hinter Chris her ins Wohnzimmer stolperte, und daß er sagte: «Bist du aufbruchbereit? Fahren wir. Ich werde hier noch verrückt. Mein Vater ... woher will er wissen, was für mich das Beste ist?»

Vicki setzte sich auf die Couch. Halbdunkles Zimmer ... heruntergelassene Jalousie, weiße, raschelnde Vorhänge ... Sie hätte sich gern hingelegt, traute sich aber nicht, ihre Füße auf die Couch zu legen. Das Zimmer war nicht so schäbig wie bei ihr zu

Hause, wo die Kleinen auf allem herumturnten. Sie legte sich den Arm über die Augen. «Wir können fahren», sagte sie. «Ist mir recht.»

«Jawohl, ich will weg hier», sagte Chris. Er legte sich mit einem Kissen unter dem Kopf auf den Boden. «Fahren wir. Sugarville oder Ketchup City. Ich werde nicht einfach schlafen, bloß weil mein Vater das will.» Seine Augen waren geschlossen.

«Okay», wiederholte Vicki. «Soll ich deinem Vater sagen, daß wir fahren? Ich habe keine Angst vor ihm.»

«Ich auch nicht.»

Keiner bewegte sich.

Als Vicki erwachte, kippte ihr Kopf auf die eine Seite. Sie blieb einen Moment sitzen. Chris war nicht mehr da. Sie hörte laute Stimmen in der Küche.

«Wenn du gehen willst, dann geh», sagte Mr. Georgiade.

«Jetzt dräng mich nicht!» Das war Chris. «Sagst du mir diesmal auf Wiedersehen? Klopfst du mir auf die Schulter, oder schiebst du mich einfach zur Tür raus?»

Vicki ging in die Diele und fand eine Toilette. Als sie in die Küche zurückging – sie konnte es nicht glauben –, redeten sie noch immer von diesem Schulterklopfen.

«Hast du ein Schulterklopfen verdient?» fragte Chris' Vater.

«Ich bin dein Sohn, also klopf mir auf die Schulter.»

«Ein Schulterklopfen», wiederholte sein Vater.

Er hatte ein nettes Lächeln. Chris' Lächeln.

«Ein Schulterklopfen», sagte Chris. Schon wieder.

Wie konnten sie nur so lange auf dieser einen Sache herumreiten? Aber warum nicht? Was war denn mit ihr selber, besessen von diesem Artikel. Ich hatte recht. Ich hatte unrecht. Er müßte gedruckt werden. Aber vielleicht auch nicht …

«Ein Schulterklopfen! Ein Schulterklopfen! Du bist noch zu geizig für ein Schulterklopfen, Pop!»

«Mr. Georgiade, nun klopfen Sie ihm doch schon auf die Schulter!» sagte Vicki plötzlich. «So schlimm ist das doch nicht, Mr. Georgiade?» Und sie lächelte ihn an.

«Jetzt rotten sie sich gegen mich zusammen», sagte sein Vater.

«Chris hat das verdient», sagte Vicki. «Er ist ein wundervoller Mensch. Sie sollten stolz auf ihn sein.»

Chris drehte sich blitzschnell zu Vicki um, und in diesem Moment versetzte sein Vater ihm einen Schlag auf die Schulter. «Wenn schon, denn schon!»

Chris fiel seinem Vater um den Hals, sie stießen wie zwei Pferde gegeneinander. Sein Vater küßte Chris, erst die eine Wange, dann die andere. Dann sah er Vicki an. «Ich nehme an, jetzt wird mein Sohn eine Geschichte darüber schreiben.»

An der Staatengrenze fuhr Chris an den Straßenrand. «Ich muß eine Runde schlafen.»

Auch Vicki machte die Augen zu. Witzig, wie man wütend auf Leute sein konnte und sie trotzdem noch lieben. Wie sie und Chris. Wie sie und ihre Mutter. Wie Chris und sein Vater. Vielleicht sogar wie Faith und ihre schreckliche Familie? Sie liebte sie wahrscheinlich auch.

Dann dachte Vicki, daß sie einander vor diesem Sommer nicht gekannt hatten, wie sie im selben Haus gewohnt und miteinander gearbeitet hatten und was für gute Freunde sie geworden waren – für einige Zeit wenigstens. Sie konnten auch gemein zueinander sein. Und voller Haß, wie gestern abend. Als sie daran dachte, preßte sie die Hände auf den Magen. Sie konnte nicht ohne Bauchschmerzen an den letzten Abend denken.

Würde sie sich nun immer daran erinnern, wenn sie an diesen Sommer dachte?

Sie blickte zu Chris hinüber. Er schlief. Sie hätte ihn gern berührt.

Vielleicht waren sie wie eine Familie, nicht wie eine richtige Familie, aber doch wie eine Familie, die sich manchmal mag und manchmal haßt. Aber richtige Familien halten zusammen. Das hatten sie nicht getan. Sie hatten sich zerstritten.

Sie dachte an den Abend, als sie mit Faith hinter dem Haus gewesen war und Faith von Familien gesprochen hatte, die in Kartons einsortiert werden. Vicki hatte auf dem Boden gelegen, zu den Bäumen hochgeblickt und war unglücklich wegen Chris gewesen. Es hatte gutgetan, mit Faith zu reden wie mit einer Schwester ... jedenfalls stellte Vicki sich vor, daß Schwestern so miteinander redeten.

Als sie erwachte, hatte sie sich bei Chris angelehnt. Seine Hand lag auf ihrem Kopf. Sie hielt einen Moment lang still, dann setzte sie sich auf.

«Wohin, Vicki?» Er zeigte auf die Straßenschilder. «Nach Norden oder nach Süden?»

Das war die Frage. Wohin? Vorwärts oder rückwärts? «Dahin», sagte sie schließlich.

«Und wohin ist das?»

Sie sah ihn an. «Sugarville.»

37

«Sonia», frage Vicki, «hast du von mir etwas in der Post bekommen?»

«Mit der Post?» wiederholte Sonia.

«Ich habe dir etwas geschickt, was ich geschrieben hatte.» Vicki ging neben Sonia einher zum Schreibtisch. «Einen Artikel ... eine Geschichte, ich meine, du hast sie wohl noch nicht bekommen. Das ist gut. Wenn sie kommt, machst du sie bitte nicht auf, sondern gibst sie mir zurück?»

Sonia sah die Notizzettel auf ihrem Tisch durch. «Warum?»

Vicki zögerte. Am letzten Nachmittag, nachdem sie und Chris eingetroffen waren, hatte sie Sonia zu Hause angerufen und mit ihr gesprochen. Sie hatte Sonia erzählt, daß sie mitten in der Nacht Heimweh bekommen hatte und losgefahren war, es aber auf halbem Wege bereut hatte. «Also habe ich Chris angerufen und ihn gebeten, mich abzuholen. Deshalb waren wir heute beide nicht bei der Arbeit. Tut mir leid, Sonia», hatte Vicki am Telefon gesagt. «Es war nicht Chris' Schuld.» Sonia schien ihre Entschuldigung und ihre Erklärung akzeptiert zu haben.

Aber was sollte Vicki nun über die Geschichte sagen, die sie Sonia geschickt hatte? Sie wollte die ganze Sache absolut nicht mehr mit ihr durchsprechen. «Ich habe beschlossen, daß du es doch lieber nicht lesen sollst», sagte sie.

«Vicki, habe ich das richtig verstanden? Du hast einen Artikel geschrieben, mit dem ich dich offenbar nicht beauftragt hatte. Dann hast du ihn mir nicht gegeben, sondern mit der Post geschickt. Und jetzt möchtest du nicht, daß ich ihn lese.»

«Stimmt.»

«Ich kann ja nicht behaupten, daß ich das verstehe.»

Vicki leckte sich die Lippen. «Was ich geschrieben habe, könnte jemanden verletzen.» Sie fuhr mit ihrem Finger an Sonias Schreibtischkante entlang. «Ich halte es nicht mehr für eine gute Idee. Es ist zu … zu persönlich.»

«Persönlich?»

Vicki nickte. Warum konnte Sonia nicht mit diesem Verhör aufhören und einfach sagen: «Okay, du kriegst ihn zurück»?

«Handelt er von dir?»

«Nein.»

«Wovon denn?»

«Das möchte ich nicht sagen.»

«Hmmm.» Sonia spielte mit einem Bleistift. «Warum hast du ihn denn überhaupt geschrieben?»

«Ich fand ihn gut, ich meine, ich habe es für eine sehr aufregende Geschichte gehalten.» Vicki verlor den Faden.

«Und dann …?» regte Sonia an.

«Dann habe ich mir alles überlegt …» Vicki verstummte.

Selbst wenn sie Sonia alles erklären wollte, so hätte sie das nicht geschafft, denn sie begriff noch immer nicht so ganz, warum sie ihre Ansicht geändert hatte. Und hatte sie das überhaupt? Vielleicht sprach Feigheit aus ihr, und sie hatte die Nerven verloren. Bei diesem Gedanken trat Vicki unruhig von einem Fuß auf den anderen. Hatte sie ihre Meinung geändert, um für den Rest des Sommers hier arbeiten zu können, ohne daß die anderen sie verachteten? Und wenn das so war, wie könnte sie dann leben, ohne sich selber zu verachten?

«Ich wüßte gern, warum du diesen Artikel mit der Post geschickt hast», sagte Sonia. «Normalerweise erteile ich Aufträge, und ihr führt sie aus.»

«Naja, das hing eben mit dem anderen zusammen.»

«Wovon redest du jetzt?»

Eine Hitzewelle durchlief Vickis Körper. Sie trat von einem Fuß auf den anderen. «Du weißt doch, daß ich mitten in der Nacht abgehauen bin. Ich habe den Artikel in den Briefkasten geworfen, ehe ich zum Bus gegangen bin. Ich habe nicht so ganz klar gedacht.»

«Ahh …» Sonia starrte Vicki an und tippte sich mit dem Kugelschreiber gegen die Lippen. «Das ist alles ziemlich mysteriös.»

«Ach nein», sagte Vicki. «Das ist es nicht. Es war ein Fehler, den Artikel zu schreiben, und ich will es nicht noch schlimmer machen.» Es tat so gut, das zu sagen. Es war offen und reell. «Ich hatte mir das alles nicht richtig überlegt», fügte sie hinzu, was sehr gelinde ausgedrückt war. «Gibst du mir den Brief also zurück, wenn du ihn bekommst, Sonia? Ohne ihn zu lesen?»

«Natürlich» sagte Sonia und setzte sich wieder an die Arbeit.

38

Lieber Chris,

die Schule und vor allem unsere Zeitung (wo ich zur Sportredakteurin gewählt worden bin – irgendwann werde ich's noch zur Chefredakteurin bringen!) haben mich so in Atem gehalten, daß ich kaum Zeit hatte, um an etwas anderes zu denken. Ich sitze gerade im Zeitungszimmer und arbeite in aller Heimlichkeit an unserem Computer. Du fehlst mir! Alle fehlen mir. Jetzt kommt eine Überraschung: Mrs. Roos hat mir eine Geburtstagskarte geschickt. Woher kann sie meinen Geburtstag gewußt haben? Ja, ich habe nun das reife Alter von fünfzehn erreicht. Ich hole Dich noch ein, Chris!

Übrigens, hast Du gewußt, daß ich den ganzen Sommer lang total in Dich verknallt war? (LETZTEN ABSATZ LÖSCHEN.)

Wenn ich an Dich denke, dann denke ich, daß Du manchmal der reizendste Mensch auf der Welt sein kannst, und dann kannst Du wieder die ekelhafteste

Person aller Zeiten sein. Aber das wollte ich eigentlich nicht schreiben. (LETZTEN ABSATZ LÖSCHEN.)

Ich habe an die letzten Wochen in Scottsville gedacht, die nicht leicht für mich waren. Aber ich bin froh, daß ich zurückgegangen bin. Und ich bin froh, daß ich den Artikel über Faith nicht veröffentlicht habe.

Ich nehme an, ich bin froh.

Ich wünschte, ich könnte mich damit brüsten, die Geschichte aus hohen moralischen Grundsätzen zurückgezogen zu haben, aber die Wahrheit ist, daß ich immer noch das Gefühl habe, nicht ganz im Unrecht gewesen zu sein.

Wenn Du mich besuchst, können wir über all das und noch andere Dinge reden, zum Beispiel darüber, wie wir im Wagen eingeschlafen sind und uns dabei fast in den Armen gelegen haben. Bei der Staatengrenze. Nur, um Deiner Erinnerung auf die Sprünge zu helfen.

Und wir können darüber reden, warum Du mir nie einen richtigen Kuß gegeben hast.

Leih Dir von Deinem Vater das Auto, mach einen Ausflug nach Rutland, es dauert nur etwa sechs Stunden. Und denk mal drüber nach: Ich bin immer noch in Dich verknallt! (LETZTEN ABSATZ BITTE LÖSCHEN!)

Ich mache in der Schule einen Computerkurs, und das müßte mir doch eine große Hilfe sein, wenn ich eines Tages eine echte Journalistin bin. Und wenn ich berühmt bin, werde ich ein Interview mit Dir machen und einen Artikel über Dich schreiben, denn dann wirst Du wahrscheinlich auch berühmt sein. Und dann können wir zusammenkommen … nein, ich will nicht dieses Blablabla und abermals bla schreiben. Hast Du eine Freundin? Sag es mir nicht, wenn Du eine hast, alter Pavian! (ALLES VORHERIGE LÖSCHEN!)

Liebe Vicki,

entschuldige mein Gekritzel, aber ich sitze im Bus – es ist Morgen, und ich bin unterwegs zur Schule. Ich denke mehr an Dich, als Du je erraten würdest, ich versuche immer noch zu verstehen, was damals in der Nacht passiert ist.

Ich weiß, daß wir alle beschlossen hatten, nicht mehr daran zu denken. Ich weiß, daß wir gesagt haben, wir alle machen Fehler, und wir ziehen den Schlußstrich unter die Angelegenheit. Und das ist gut so. Aber ich denke noch immer daran.

Wir wurden alle in etwas hineingewirbelt, was niemand von uns geplant hatte, wie eine Art plötzlich aufloderndes Feuer. Wir wurden alle verbrannt. Mein Verhalten hat mich erschüttert. Ich konnte gar nicht glauben, daß ich das war.

Jetzt komme ich zu einem anderen Ergebnis. Doch, ich war das in dieser Nacht. Ich fange an zu verstehen, wie Vernunft und Gefühle in den Menschen miteinander ringen. Wir tun soviel rein gefühlsmäßig und versuchen dann, unsere Taten logisch zu begründen. Wir haben Gefühle, und dann bekleben wir sie mit Gründen.

Ich war wütend wegen der Geschichte, wütend, weil Du mich frustriert hast, weil ich etwas von Dir wollte und Du das nicht tun mochtest. Ich wollte Dir klarmachen, was richtig war. Ich wurde von den ganzen Gefühlen dabei gepackt und habe einfach gehandelt, getan, was wir getan haben – Du weißt, die ganze Sache mit dem Lastwagen –, und während das ablief, sagte ich mir immer wieder: So muß es sein. Manchmal muß man aufhören zu denken und anfangen zu handeln!

Ich habe mir Gründe geliefert, um die Gefühle zu überdecken.

Ergibt das für Dich einen Sinn?

Ich nehme an, das Beste, was wir aus den Ereignissen jener Nacht machen können, ist, nicht zu vergessen, daß wir nicht die geistigen Riesen sind, für die wir uns so gern halten.

Naja, Vicki, Ende des Vortrags. Tut mir leid, ich komme nicht gegen diese Sucht an, alles zu analysieren und zu erklären. Ich hoffe, das ist nicht zu ekelhaft. Eines Tages – wenn ich je die Kolumne bekomme, von der ich träume, und in der ich gern große Töne spucken möchte – werde ich meinen Charakterfehler dem Allgemeinwohl dienen lassen.

Aber jedenfalls wollte ich noch etwas anderes sagen. Der wirkliche Grund, warum ich schreibe, die letzte Zeile – igitt, Klischee! – ist, daß ich Dir gern sagen möchte, daß Du in diesem Sommer wichtig für mich warst. Selbst als Du im Unrecht warst, hast Du für das gekämpft, an was Du geglaubt hast. Und was mich noch beeindruckt hat, war, wie Du das aufgeben konntest, wofür Du Dich so wütend eingesetzt hattest, ohne nachher auf irgendwen sauer zu sein. (Aber

Faith ist in dieser Hinsicht auch ganz schön gut, was?) Erinnerst Du Dich an Ira? Ganz bestimmt. Ich habe ja oft genug über ihn geredet. Weißt Du noch, wie schwer es mir gefallen ist, ihn anzurufen und mit ihm Schluß zu machen? Also, ich habe es getan. Das ist wahr, er ist jetzt Geschichte. Und das habe ich teilweise Dir zu verdanken. Ich habe mir gesagt, Elizabeth, Vicki kann ihre Sache vertreten. Da darfst du dich nicht mit weniger zufrieden geben!

Also habe ich es gemacht. Hurra!

Naja, nur damit Dir das nicht zu Kopf steigt – um ganz ehrlich zu sein, haben mich ab und zu Dinge, die Du gesagt oder getan hast, auch genervt, aber das war wahrscheinlich nur ein weiteres Beispiel dafür, wie ich einem Gefühl «Vernunft» verleihe. Bei Dir hat mich genau das genervt, worüber ich mich auch an mir selber ärgere. Zum Beispiel: zu sehr auf einen Typen abfahren und Deine eigene Persönlichkeit unterdrükken. (Obwohl ich zugeben muß, daß Du dieser Gefahr offenbar ziemlich schnell wieder entronnen bist.)

Also, Vicki, wir haben zwei Monate lang zusammen gewohnt und gearbeitet – und uns gestritten und gegeneinander gekämpft, laß uns das in diesem Moment der Sentimentalität nicht vergessen – und das war etwas Besonderes. Wir wollen uns nicht aus den Augen verlieren.

Deine Freundin Elizabeth

Liebe Faith,

es tut gut, an Dich in Scottsville zu denken. Die Vorstellung gefällt mir, daß eine von uns noch immer da ist. Halten sie Dich auf Trab? Bedauerst Du Deinen Entschluß? Macht es Dich so glücklich, bei der Zeitung zu arbeiten, daß es Dir nichts ausmacht, diesen Herbst nicht aufs College zu gehen? Du hast Dich für einen interessanten Weg entschieden. Unabhängig und mit dem Ziel, das Du Dir wünschst. Ich habe dieses Jahr, um mir zu überlegen, welchen Weg ich gehen will.

Inzwischen verhandle ich wegen eines Gebrauchtwagens. Sehr kompliziert. Ich muß die Hälfte des Geldes von meinem Vater leihen und die andere von meinem sparsamen kleinen Bruder. Mein eigenes Geld reicht gerade für die Versicherung. Ich bewerbe mich auch für eine halbe Stelle bei der Volkshochschule, wo ich kleine beispielhafte Lehrgeschichten schreiben müßte. Wäre nicht so großartig, aber immerhin würde ich schreiben und damit in etwa fünfzig Jahren meine Schulden abbezahlen können und doch noch etwas Geld für Benzin übrig haben.

Wenn das alles unter Dach und Fach ist, nehme ich mir vielleicht ein Wochenende frei und mache einen Triumphzug. Nach Vermont, um Vicki zu besuchen, nach New York City zu Elizabeth und dann westwärts nach Scottsville, um Dir und Sonia und Mr. Martin und dem Rest guten Tag zu sagen.

Melde Dich mal. Erzähl mir, wie es Dir geht. Wir müssen mitbekommen, was aus den anderen wird. Wir sind nicht einfach nur vier Wanderer in der Wüste

des Lebens, wir sind die Scottsville-Bande. Hast Du irgendwas von Elizabeth oder Vicki gehört?
Salud! Chris.

Liebe Elizabeth,
wie es mir geht? Danke der Nachfrage. Im ganzen, muß ich sagen, ist es ganz toll, obwohl ich bereit bin, aus diesem Nest von Eltern herauszuspringen und mich ins Wirklich Wahre Harte Elende Leben fallen zu lassen. Tatsache ist, ich habe das Gefühl, schon gesprungen zu sein, und das tückische und böse Schicksal hat mich für ein weiteres Jahr zurück in den Schoß meiner Eltern gestopft.

Wie sieht bei Dir die Welt so aus? Was ist mit Dir und Ira?

Der Sommer hallt bei mir immer noch nach, immer noch grübele ich über alles. Wir waren vielleicht eine Bande! So, wie ich das sehe, wollten wir uns alle von etwas befreien, ich mich von meinem Vater, Du Dich von Ira, Vicki sich von ihrer Jugend und Faith sich von ihrer Familie.

Oder, um es anders auszudrücken: Du warst unsere Person mit Prinzipien (und verwirrt, wenn Du keine Prinzipien hattest, die Dich leiten konnten, wie im Falle des Unaussprechlichen Ira. Außerdem wurde in einer gewissen Nacht ein wenig auf diesen Prinzipien herumgetrampelt, aber das galt für uns alle). Ich war der Beobachter und Träumer. (Gut, wenn der Traum nur Phantasie war, schlecht, wenn er mich in die Irre leitete. Habe ich mich Dir gegenüber sehr oft zum Narren gemacht? Kommentar überflüssig.)

Um weiter unsere Gruppe durchzugehen: Vicki war Ehrgeiz und Energie, was unglücklicherweise zu einem Zusammenstoß führte, als sie diesen Artikel über Faith schreiben wollte. (Kannst Du Dir vorstellen, daß irgendwer sie aufhält? Außer uns natürlich.) Und Faith war die Begabte, die nur ihre Ruhe haben wollte, um das zu tun, worin sie so gut war. Für den Moment hat sich ihr Wunsch erfüllt.

Mein Vater und ich sind weiterhin niemals einer Meinung. Ob ich mir einen Schnurrbart wachsen lassen sollte. Oder mit einem Schlips über dem Sweatshirt zur Schule gehen sollte. Mir einen Wochenendjob suchen. Mir die Haare schneiden lassen. Zum Frühstück Kartoffeln essen. Was auch immer, wir streiten uns deswegen.

Und danach küssen wir uns wie griechische Männer, erst die eine Wange, dann die andere. Ach, das tiefe Mysterium der Vater-Sohn-Beziehung!

Also, das ist nur eine kurze Nachricht.

Der Sommer lebt.

Salud. Große und Ewige Freundin! (Hmm. Sollte Dich nicht wie eine Riesensequoia klingen lassen.) Chris.

Lieber Chris,
es war wunderbar, von Dir zu hören. Bernie macht mit seiner Familie Urlaub, und deshalb bin ich die ganze Woche lang verantwortlich fürs Fotolabor. Das

ist sehr nett und interessant. Nein, Chris, ich bedauere meine Entscheidung durchaus nicht. Das College läuft mir nicht weg, falls ich irgendwann doch studieren will.

Ich liebe diese Stadt und die Arbeit hier. Eine Zeitlang habe ich gefürchtet, beides zu verlieren (Du weißt schon, Vickis Artikel). Aber ich glaube jetzt, selbst wenn sie den veröffentlicht hätte, dann wäre es falsch von mir gewesen wegzulaufen, das habe ich ja schließlich mein Leben lang getan. Damit ist Schluß. Die Leute werden immer schreiben, was sie wollen, sie werden denken, was sie wollen, aber ich werde machen, was ich will. Mein Leben ist mein Leben, meine Familie ist meine Familie, und damit hat sich's.

Mrs. Roos und ich kommen miteinander aus. Wir essen abends zusammen. Sie neigt einwandfrei mehr zum Bellen als zum Beißen. Wage ich zu sagen, sie habe auch eine süße Seite? (Aber daß ich rauche, mißfällt ihr noch immer.)

Ich horche noch immer auf Deine Schritte über mir. Ich erwarte noch immer, daß Vicki das Badezimmer mit Beschlag belegt. Und ich vermisse meine Zimmergenossin. Das Haus ist sehr ruhig, still, aber nächste Woche ziehen ein paar Collegestudenten ein. Das wird sicher interessant.

Schreib wieder, Chris. Ich hoffe wirklich, Du kommst.

Deine Freundin Faith.

Lieber Chris,

eigentlich wollte ich Lieber Großer Freund schreiben. Warum nicht? Lieber Großer Freund, eines der phantastischsten Dinge dieses Sommers war unsere Freundschaft. Ich bin so froh, daß wir in nichts Klebriges hineingerutscht sind. Du weißt schon, was ich meine. Ich denke viel an Dich, an die nette Schwester-Bruder-Jux-Beziehung, die wir hatten.

Ich bleibe bei meinem Entschluß, in diesem Jahr keine Beziehung mehr zu haben. Ira ruft mich immer noch an und versucht, mich zurück in das zu bugsieren, was wir früher hatten. Ich bin bereit, eine freundschaftliche Beziehung zu ihm aufzubauen, zu mehr aber nicht. Ich muß allein stark sein. Ich muß fähig sein, mich zu amüsieren und Entscheidungen zu treffen und meine Fehler zu akzeptieren ... ohne davon abhängig zu sein, daß ein Typ mich mit meinem Leben zufrieden sein läßt.

Das bedeutet nicht, daß ich die Männer aufgebe. Niemals!

Ich muß allerdings einen Ausrutscher eingestehen. Ich habe meiner heimlichen Leidenschaft geschrieben, Mr. Martin.

Ich habe ihn gebeten, mich anzurufen, wenn er je nach New York kommen sollte. Das ist nicht so frech, wie sich das anhört. Er hat mir einmal erzählt, wie sehr er diese Stadt liebt.

Naja, ich werde versuchen, wieder zu schreiben, irgendwann bald. Das College ist dieses Jahr ein bißchen anstrengend. Viel zu tun. Diese Collegesache zeichnet sich ja auch für Dich ab. Faith hat gesagt, Du

hättest Dir ein Auto gekauft und wolltest uns alle besuchen. Ja! Mach das! Ich werde Dich überall herumführen, Dir die beste VIP-Tour bieten.
Alles Liebe, Elizabeth.

Liebe Vicki,
danke für das Bild. Ich habe es an die Wand gehängt. Aber wieso kein Brief dabei? Spielst Du die Mysteriöse? Ich denke an Dich, daran, auf Deiner Türschwelle zu landen. Das heißt, falls ich je dieses Auto, das ich gerade gekauft habe, auf die Straße stellen kann. Ich brauche Stoßdämpfer und Reifen. Geld, Geld, Geld. Ist das die wirkliche Welt?

Schreib mir, Kumpel. Oder hast Du mich so schnell vergessen? Ich habe Dich nicht vergessen, Du hübsches Kind. Das Leben war immer witzig, verrückt, aufregend und lebhaft, wenn Du in der Nähe warst.
Alles Liebe, Chris.

Norma Mazer
**Sommerzeit –
Liebezeit**
UT 1020
Leidenschaft und Eifersucht, Glück und Verzweiflung, Toleranz und Ärger
liegen dicht beieinander …

Iben Melbye
Munie
UT 1017
Michael ist der Mun-Sekte
beigetreten und kehrt nicht
mehr heim. Seine Freundin
Anja macht sich auf die
Suche nach ihm.

Deborah Hautzig
Valerie und Chloe
UT 1013
Zwei sechzehnjährige
Mädchen treffen sich auf
der faszinierenden, aber
komplizierten Reise zum
Erwachsensein.

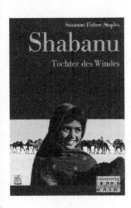

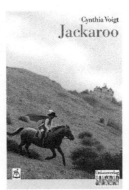

Suzanne Fisher Staples
**Shabanu.
Tochter des Windes**
UT 1012
Shabanu findet einen Weg,
den Erwartungen ihrer Gesellschaft zu entsprechen,
ohne sich selbst zu verleugnen.

Cynthia Voigt
Jackaroo
UT 1003
Gwyn spottet stets über die
Legenden um die Volkshelden, bis sie eines Tages eine
unglaubliche Entdeckung
macht.

Cynthia Voigt
Auf dem Glücksrad
UT 1019
Birle, Enkelin von Jackaroo,
und Orien fliehen vor der
ihnen bestimmten Zukunft
und erleben große Abenteuer.

mehr *lesen*

von Harry Mazer:

«Beim verloren gegangenen Eddie erlebt der Leser den Prozess einer Selbstfindung mit. Mut macht das Vertrauen, das der Autor in Eddie zu haben scheint auf dieser ganz und gar unsentimentalen, heiteren und schmerzlichen Entdeckungsreise.»

Süddeutsche Zeitung

»Als ich fast 15 Jahre alt war, entdeckte ich eines Tages mein Gesicht an der Wand eines Postamts. Es war ein Plakat, auf dem nach verschwundenen Kindern gesucht wurde. Jason Diaz: Verschwunden im Alter von drei Jahren.« Eddie Leonard hat keine Ahnung, wer seine Eltern sind. Die Frau, die er Großmutter nannte, erzählt ihm, dass seine Mutter ihn gleich nach der Geburt hergegeben hatte. Als die Großmutter stirbt, will Eddie endlich wissen, wer er ist und macht sich auf die Suche nach der Familie Diaz.

Ab 12 Jahren, 224 Seiten. Gebunden.

Verlag Sauerländer